음악으로 세상을 휘어잡은 피아니스트 김건호

?

생후 50일과 돌

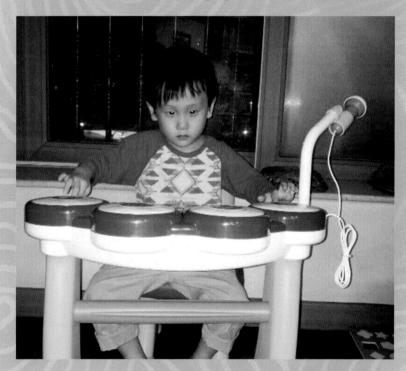

장난감 피아노

가족 여행

할아버지 할머니와 함께

25. Juli 2019 um 17:58 Uhr

Saarburger Serenaden
Blinder Pianist ist der Star des Abends

Probe vorm Konzert: Der zehnjährige Koreaner Geonho Kim orientiert sich kurz an den schwarzen Tasten und legt dann los,

독일 자부르크 뮤직 페스티벌

SBS <세상에 이런 일이>

박영주 선생님과   신정양 선생님과

신정양 선생님과 국순희 원장님   권현지 선생님(건호 오른쪽)과 여러 선생님들과

포아 영재콘서트

누구 시리즈 **38**

문학적 초상화 프로젝트

2024년 <누구?!시리즈10>을 발간하며

궁금증이 감탄으로 변하게 하는 이야기를 담은 작은 인문학도서 <누구?!시리즈>를 기획하게 되었다. 인문학이란 사람의 이야기를 기본으로 하는데 그 삶에서 장애는 비장애인들이 경험하지 못한 특별한 이야기여서 사람들에게 감동을 준다.

특히 장애인예술은 장애예술인의 삶 속에서 녹아 나온 창작이라서 장애예술인 이야기를 책으로 만드는 <누구?!시리즈>는 꼭 필요한 작업이다. 이 책은 장애예술인의 활동을 알리는 소중한 자료가 될 것이기에 <누구?!시리즈> 100권 발간 목표를 세웠다. 의문과 감탄을 동시에 나타내는 기호 인테러뱅(interrobang)이 <누구?!시리즈>를 통해 새로운 감성으로 확산될 것으로 믿는다.

<누구?!시리즈 100>이 완간되면 한국을 빛내는 장애예술인 100인이 탄생하여 장애인예술의 진가를 인정받게 될 것이며, 100인의 장애예술인을 해외에 소개하면 한국장애인예술의 우수성이 K-컬처의 새로운 화두가 될 것이다.

_ (사)한국장애예술인협회 회장 방귀희

음악으로 세상을 휘어잡은 피아니스트 김건호 – **누구 시리즈 38**
김건호 지음

초판1쇄 발행 2024년 11월 1일

지은이 김건호
펴낸이 방귀희
펴낸곳 도서출판 솟대
등 록 1991년 4월 29일
주 소 서울시 금천구 서부샛길 606, 대성지식산업센터 B동 2506-2호
전 화 02)861-8848
팩 스 02)861-8849
홈주소 www.emiji.net
이메일 klah1990@daum.net

값 12,000원

ISBN 979-11-989238-3-7 03810

주최

후원 문화체육관광부 한국장애인문화예술원
Korea Disability Arts & Culture Center

38

누구 시리즈

음악으로 세상을 휘어잡은
피아니스트 김건호

김건호 지음

피아노 천재의 조건을 갖추고 폭풍 성장 중

도서출판
숯대

건호는 성장 중입니다

다큐멘터리 영화 〈뷰티플 마인드〉에서 단원들에게 기타를 지도하셨던 故 서정실 교수님이 이렇게 말씀하셨어요.

'클래식 음악은 연주자와 시대가 많이 떨어져 있다. 적게는 수십 년에서부터 길게는 수백 년까지. 그 긴 시간과 공간을 사이에 두고 연주자는 옛 음악가와 느낌으로 소통하는 사람이다. 연주자는 오늘날의 사람들에게 옛 음악가가 전하려고 했던 이야기를 전달하는 사람이다.'

영화 속에서는 좀 더 긴 내용의 인터뷰였지만 나는 그렇게 이해하며 들었습니다. 연주자에 대한 해석이 너무 뭉클하고 감동적이지 않나요. 그래서 나는 음악에 담긴 옛 음악가의 이야기와 느낌을 이해하고 공감하려고 언제나 노력합니다. 내가 그 음악을 이해하고 공감한 만큼 내 연주를 듣는 사람들에게 잘 전달될 수 있을 테니까요. 아직은 많이 부족합니다. 시공을 넘는 공감은커녕 아직도 틀리지 않으려고 애쓰는 수준에서 애쓰고 있는 걸요, 아직 어리니까요.

아직 어린 내 이야기를 이 책에 쓰면서 조금은 멋지고 훌륭해 보이고 싶었습니다. 내 연주만 듣고 아이답지 않은 모습을 상상할 분들이 많을지도 모르니까요. 그런데 큰일이지 뭐예요. 엄마가 얘기해 준 내 모습들이 대부분 나에 대한 사람들의 기대와 환상(?)을 왕창 깨는 이야기이지 뭐겠어요.

"저의 색은 스카이블루입니다. 보이지 않지만 느낄 수 있는 맑은 하늘의 빛깔로 성장하고 싶습니다."

어느 인터뷰에서 이렇게 폼나게 얘기를 했는데요. 스카이블루는 커녕 푸르딩딩 푸르죽죽입니다. 푸른색 근처에는 가니 그래도 괜찮으려나요?

달리 생각하면 창피함을 무릅쓰는 솔직함만큼 나다운 건 또 없을 것 같아요. 애매하게 감추고 꾸미려는 사람이 어떻게 정직하고 순수한 연주를 할 수 있겠어요. 그렇지 않다면 어떻게 나다운 연주가 될 수 있겠어요. 부끄럽고 모자란 모습이라도 솔직하게 바라보고 과감히 버릴 수 있을 때 새로운 나로 성장할 수 있는 것 아닐까요? 그래서 앞으로 나는 더 멋있어질 일만 남았다고 생각해요. 앞으로 더 훌륭한 연주자가 될 일만 남았다고 기대해요. 왜냐하면 매 순간 나를 넘어 성장할 거니까요.

앞서 얘기한 대로 시간과 공간을 넘어 옛 음악가의 이야기를 멋지게 전하는 연주자가 되고 싶습니다. 좋은 음악을 만들어 소리로 세상과 소통하는 음악가가 되고 싶습니다. 늘 새롭게 성장하는 김건호가 되겠습니다!

2024년 성장 중인 어느 날
피아니스트 김건호

차례

열네 살, 나의 이름은

...

지브리 애니메이션 〈센과 치히로의 행방불명〉엔 '이름'에 대한 이야기가 나와요. 우연히 마녀가 사는 세상에 들어가게 된 주인공이 그곳을 빠져나오기 위해서는 자신의 이름을 기억해야 하죠. 세상을 살아가는 동안 자신을 잃어버릴 일이 많아도 본연의 나, 진정한 자기 자신을 잃지 말아야 한다는 의미이겠죠.

"안녕하세요. 저는 피아니스트 김건호입니다."

무대에 설 때마다, 그리고 수많은 인터뷰를 할 때마다 하게 되는 인사인데요. 이렇게 수없이 내 이름을 반복했으니 애니메이션에서처럼 제가 마녀가 사는 세상에 간다 해도 절대 이름을 잊어버리지 않을 수 있을 것 같아요.

올해 열네 살이 된 나는 다섯 살 때부터 피아노를 쳤습니다. 절대음감을 가진 천재 소년으로 〈세상에 이런 일이〉, 〈인간극장〉, 등 많은 방송들이 나의 이름을 세상에 알렸어요. 온라인으로 진행된 내 첫 번째 독주회는 가수 '보아' 누나가 자신의 SNS에 링크해 소개해 주기도 했답니다.

만 5세였던 2015년, 사단법인 뷰티플마인드 뮤직아카데미 오디션에 합격하며 정식으로 피아노를 배우기 시작해서 초등학교 1학년이었던 2017년 6월, 부르크뮐러가 작곡한 25개의 소품을 완주하며 피아니스트로서 첫 발걸음을 떼었습니다. 그리고 이듬해에는 8월부터 12월까지 매달 콩쿠르에 도전해서 모두 입상하며 본격적인 전공의 길로 들어섰습니다.

나의 이름은 국제무대에서 더 두드러지기도 했는데요. 2019년 독일 자부르크 국제음악제(Saarburg Music Festival)에 초청받아 연주했을 때 독일 언론(Volksfreund)은 나를 '아름다운 선율로 독일에서 큰 감동을 선사한 용감한 한국의 어린 피아니스트'라고 극찬했어요.

코로나 팬데믹이 한창이었던 2020년, 바흐의 인벤션과 신포니아 전곡을 연주한 "All-Bach" 독주회를 필두로 2021년 리뉴얼된 서울시립교향악단 '행복한 음악회'의 첫 협연자로 선정, 2022년 서울대학교 피아노과 출신으로 구성된 포아피아노연구회 주최 영재콩쿠르 1위, 2023년 시각장애인 최초 금호문화재단의 영재콘서트 연주자로 선발되어 연주한 바 있습니다.

25. Juli 2019 um 17:58 Uhr

Saarburger Serenaden
Blinder Pianist ist der Star des Abends

Probe vorm Konzert: Der zehnjährige Koreaner Geonho Kim orientiert sich kurz an den schwarzen Tasten und legt dann los,

독일 자부르크 뮤직 페스티벌

독일 자부르크 뮤직 페스티벌

독일 자부르크 뮤직 페스티벌

만약 또래의 보통 아이들이었다면 아직 내 이름 앞에 '서울맹학교 중등부 2학년'이라는 소개만 할 수 있겠죠. 그것도 나쁘지는 않아요.

　하지만 다섯 살 때부터 지금까지 약 9년의 노력과 성장 덕분에 나는 내 이름 앞에 '피아니스트'라는 이름을 당당하게 걸 수 있게 되었습니다. 또 나보다 세상 사람들이 더 많이 내 이름을 불러 준 덕분에 나는 언제나 '피아니스트 김건호'라는 이름을 잊지 않으려고 노력합니다. 그 이름을 잊지 않으려고 노력하는 한 마녀의 세계에 빠지지 않고 더 멋진 세계로 나아가게 될 거예요.

천재의 조건

...

　직접 읽어 보지 못했지만 어떤 만화에 이런 장면이 등장한다고 해요. 어떤 꼬마가 시골 논두렁에서 허공에 귀를 기울이면서 지나가는 할아버지에게 이렇게 말했대요.

　"바람 소리는 라, 참새 소리는 반음 낮은 미, 벌레 소리는 반음 낮은 솔, 개구리 우는 소리는 도라서 서로 어울린다."

　아마 만화니까 절대음감을 더 드라마틱하게 표현하느라고 그렇게 그렸겠죠. 아니면 정말 절대음감을 가진 사람들의 귀엔 그렇게 들릴 수도 있는 걸까요. 사람들은 내가 절대음감을 가졌다고 하지만 내 귀에 들리는 소리들은 만화 속의 그 아이가 듣는 소리처럼 들리지는 않아요. 바람 소리에서 정확한 '라'의 음이 날까요? 참새가 항상 반음 낮은 '미'로 짹짹거릴까요? 글쎄요. 물론 다양한 사물의 소리에서 어떤 정확한 음이 들릴 때도 있겠지만 내가

SBS <세상에 이런 일이>

가진 절대음감은 소리를 기억하는 능력에 가까워요. 그리고 소리를 상상하는 능력이죠. 그 감각으로 생소한 음악에서 음계를 읽어 낼 수 있고 악보가 없어도 조금만 노력해도 곧 음악을 외울 수 있어요. 그래서 악보를 보지 못해도 수십 곡의 음악을 외우고 상상하고 연주할 수 있답니다.

일곱 살이었던 어느 날, 유난히 긴박하게 들리는 뉴스 소리가 하루 종일 들려왔어요. 그때 들리던 격정적인 뉴스 시그널 음악을 듣고 그 느낌을 피아노로 표현해 본 적이 있는데요. 절대음감도 절대음감이지만 2017년 당시 대통령 탄핵을 다루던 뉴스의 분위기를 묘사한 어린아이의 드라마틱한 표현력에 다들 놀라워했다고 해요. 그러나 사실 그런 능력은 '세상에 이런 일이'에 나올 만큼 잠깐 신기한 일이 될 수는 있지만 그게 전부는 아니라고 생각해요.

우리가 흔히 알고 있듯 모차르트는 정말 대단한 천재였죠. 〈아마데우스〉라는 영화에서는 그의 천재적인 모습을 아주 잘 엿볼 수 있어요. 한 번도 고치지 않고 즉각적으로 악보를 그려 낸다든가 바로바로 빠르게 놀라운 음악을 만들어 낸다든가 하는 거 말이에요. 그런데 그게 과연 천재이기 때문이기만 할까요? 사실 모차르트의 아버지 레오폴트는 세계 최초의 바이올린 교본을 만들 정도로 당대 최고 음악 선생님이었어요. 모차르트는 7세부터 아버지와 함께 3년 반 동안 수많은 나라로 연주 여행을 다녔다고 해요. 어린아이에게 이런 연주 여행이 혹독하다는 사람들도 많지만 저는 모차르트가 자기 재능을 뽐낼 수 있는 다양한 무대를 경험하고 청중을 만날 수 있었기에 오히려 여행이 재미있었을 것 같아요. 재능 있는 음악가에게 연주는 혹독하고 치열하기만한 게 아니라 결정적인 성장의 기회라고 생각해요. 아들의 천재성을 알아본 아버지의 전문성과 헌신이 빛을 발하는 부분입니다.

그럼 베토벤은 어떨까요? 베토벤이 청력을 잃은 후에 〈운명〉을 작곡했다는 것은 잘 알려진 이야기죠. 사실 베토벤은 청력을 영원히 회복하지 못할 것이라는 의사의 진단을 받고 상심했을 거예요. 그래서 비엔나 근교의 하일리겐슈타트라는 휴양도시에 조용히 파묻혀 앞날에 대한 고민을 했죠.

그런데 아세요? 베토벤이 최고의 긍정왕이라는 사실을요. 베토벤은 이때 하나님 앞에서 맹세했어요. '하나님은 내가 감당하지 못할 고난을 주시지 않는다. 내 고난이 크긴 하지만 보란듯이 이를 딛고 일어서 보리라.' 이러한 결심을 담은 편지를 가장 사랑하는 조카 칼에게 보냈어요.

베토벤의 청력을 잃게 만든 난청은 유년 시절 아버지로부터 시작되었을 거란 설이 있어요. 베토벤도 모차르트처럼 음악가 집안에서 태어났어요. 유명한 음악가였던 할아버지는 기대에 부응하지 못하는 아들을 항상 못마땅해하셨대요. 인정받지 못한 음악가였던 그의 아버지는 재능 있는 아들에 대해 자격지심이 장난

아니었다고 해요. 매일같이 아들을 피아노 앞에 앉혔다는 아동학대에 가까운 스토리는 그래서 생겼어요. 그런 아버지 아래에서 성장한 베토벤의 집념과 초긍정 마인드가 놀랍지 않으세요?

사실 나는 하나님이 베토벤에게서 청력을 가져가셨어도 좋은 사람들을 어렸을 때부터 심어 두셨다고 생각해요. 베토벤에게는 찰스 네페라는 오르가니스트이자 훌륭한 음악 선생님이 있었어요. 네페 선생님은 당시 구하기 힘든 신문물이었던 바흐의 평균율을 베토벤에게 소개해 주었어요. 음악을 사랑하게 하는 비전을 심어 줄 수 있는 선생님이 있는 건 굉장히 중요한 거 같아요. 그뿐만 아니라, 베토벤에게는 평생 그를 진심으로 존경하고 후원하던 훌륭한 친구들이 있었어요. 예를 들어 베토벤이 '고별' 소나타를 헌정한 루돌프 대공은 황제의 동생이기도 했고, 제자이기도 했고, 절친이자 열렬한 후원자이기도 했습니다. 심포니는 이런 빛나는 후원자 없이 그냥 작곡하고 싶어서 되는 건 아닌 거 같아요.

'스스로의 집념, 부모의 희생, 훌륭한 스승, 헌신적인 추종자… 그 모두의 결과물이 천재다.'

피아니스트 손열음은 그의 책(『하노버에서 온 편지』)에서 이렇게 말했답니다. 이 말에 의하면 아무리 탁월한 재능이 있어도 혼자만으로는 절대 천재가 될 수 없어요. 소리를 구분하고 외우는 절대음감은 분명히 내가 가진 재능이 확실하지만 난 아직 천재가 되지 못했어요. 그러나 천재가 될 수 있는 조건은 모두 가진 셈이죠. 나를 위해 헌신하는 가족들, 훌륭한 스승님, 그리고 음악을 향한 나의 집념까지. 마지막 조건인 헌신적인 추종자는 앞으로 음악의 길을 가면서 만날 수 있을 거라고 기대해요.

이제부터 '피아니스트 김건호'를 만들어 가는 사람들의 이야기를 시작해 볼게요. 굳이 천재가 되지 않아도 좋아요. 그저 음악을 하는 한 사람으로 나를 완성해 가는 사람들, 그리고 내 꿈과 열정에 관한 이야기 말이에요.

내 아이의 장애는 처음이니까

...

　내가 유치원에 갈 나이가 되자 엄마는 고민이 참 많았다고 해요. 다섯 살까지는 문화센터에 다니면서 노래 부르고 춤추고 그냥 재미있게 놀면서 어찌어찌 보내면 되는데 유치원은 교육의 중요한 첫 단추니까요. 엄마는 나를 어떤 통합유치원에 보내야 하나 고민하긴 했지만 맹학교의 유치원은 생각조차 해 보지 않았다고 해요. 어느 날 할머니가 엄마에게 아주 조심스러운 말투로 물으시더래요.

　"은아야, 우리 동네에 어느 아주머니가 그러는데 건호처럼 시각에 장애가 있는 아이들을 전문적으로 가르치는 유치원이 있대. 거기 한 번 알아보는 건 어떻겠니?"

　3월이면 입학을 해야 하는데 시간은 이미 2월 중순을 넘어가고 있었대요. 맹학교는 내키지 않지만 엄마도 더는 미룰 수가 없겠다는 생각이 들었나 봐요.

혹시나 이미 정원 모집이 끝나지 않았을까, 그저 알아나 보자는 심정으로 야근 중에 별 기대 없이 서울맹학교를 검색했더니 유치원에서부터 고등학교까지 학사일정과 커리큘럼이 쭈욱 뜨더래요. 그런데 내용들이 예상외로 알차서 엄마가 생각했던 것보다 꽤 괜찮은 곳일지도 모른다는 기대가 생겼답니다.

"시각장애가 있는 우리 아이가 유치원엘 가야 하는데 여기 학교에 이미 정원 모집이 끝났을까요?"

더 적극적으로 학교가 궁금해진 엄마가 바로 전화를 해서 문의를 했더니 학교에서 무조건 아이를 데리고 오라고 하더랍니다. 결국 나를 적극적으로 환영해 준 맹학교 덕분에 나는 통합유치원이 아니라 서울맹학교 유치원에 가게 되었어요.

엄마는 내가 유치원에 입학할 때 마음이 많이 아팠대요. 왜냐하면 거기가 일반 유치원이 아니라 맹학교 유치원이었으니까요. 엄마는 그전까지 내 장애인복지카드도 만들지 않고 있었다는데요. 그때까지도 차마 아들의 장애를 인정하고 싶지 않았던 거예요. 내 주변에는 아직도 아이의 장애를 인정하고 싶지 않아서 아이의 장애인복지카드를 만들지 않는 엄마들이 많아요. 아마 엄마도 그런 마음이었겠죠.

"어차피 필요할 거면서 왜 안 만들어? 그냥 만들면 되지?"

내가 이렇게 건조하게 말하면 엄마는 그래요.

"그러니까 네가 T야! 장애인복지카드가 필요하다는 걸 알지만 그걸 만드는 순간 장애를 인정해야 하는 거니까 그게 되게 힘든 거라구!"

엄마는 내가 엄마 생각과 다른 말을 할 때 항상 나더러 꼭 T래요. 그러면서 엄마는 F라서 나랑 다르다고. MBTI 성격유형으로 보면 나는 전형적인 T이고 엄마는 전형적인 F거든요. 엄마와 나는 서로 다른 상대의 성격유형을 가지고 종종 서로 놀리기도 하는데요. 복지카드가 있으나 없으나 내겐 별다를 게 없는데 엄마는 그렇지 않다는 게 좀 이해가 안 되지만 어떻든 나와 달리 F인 엄마의 마음도 중요한 거니까요. 나는 잘 몰랐지만 엄마도 다른 엄마들처럼 아들인 내 장애를 인정하기까지는 시간이 좀 필요했네요.

참! 나는 레버 선천성 흑암시증(LCA)으로 인한 시각장애를 가지고 있는데요. 어릴 때부터 늘 그래 왔기 때문에 장애를 잘 인식하지 못하지만 부모님에게 내 아이의 장애는 처음 겪는 일이니까 아마 많이 놀라셨을 거예요. 그래도 혹시나 나을 수 있을지도 모른다는 희망 때문이었을까요? 엄마는 나를 위해 고사도 지내 보고 천도제도 지내 보고 별거 다 해 봤다고 했어요.

'그래, 이제 안 되는구나. 인정하자.'

그 모든 과정을 다 거치고 나서야 실낱같은 기대의 마음을 내려놓을 수 있었다고 해요. 그런데도 엄마 마음속 깊은 곳에는 여전히 포기가 안 되는 마음이 있었나 봐요. 내가 맹학교 유치원 입학할 무렵에야 비로소 '이제는 정말 인정해야 해.' 마음 한편으론 그런 맘이 들면서도 얼마간은 내내 마음이 복잡하고 힘들었대요. 필요한 마음을 먹기가 그렇게나 오래 걸리다니 F는 정말 피곤하겠어요.

입학식 때도 내내 어두운 표정이었다는 엄마. 그런데 그런 엄마 앞에 천사가 나타났어요! 그 천사는 과연 누구였을까요?

오버쟁이 선생님 콜럼버스 되다!

...

'이 사람 왜 이렇게 오버지?'

입학식 후 처음으로 우리 유치 1반 선생님을 만났을 때 엄마는 속으로 그렇게 생각했대요. 물론 나는 그때 그 상황이 하나도 기억이 안 나지만.

"건호는 못 해도 연세대는 갈 거예요. 그러려면 영어도 해야 하고 나중에 미국에서 살게 될지도 모르니까…."

이렇게 엄마한테 무한 긍정의 낙관을 펼치셨다는 우리 선생님.

'그 밑도 끝도 없는 낙관은 뭐지?'

지금 와서 듣는 나도 그런 마음이 드는데 만난 지 채 10분도 되지 않은 선생님에게 그런 허황하기 짝이 없어 보이는 얘길 듣는 엄마는 무슨 생각이 들었을지 너무 공감할 수 있을 거 같아요.

'아니, 자기가 우리 애를 10분을 봤어, 1시간을 봤어? 알면 뭘 얼마나 안다구.'

안 그래도 언짢은 기분이었는데 잘 알지도 못하는 사람이 늘어놓는 핑크빛 미래가 기분 좋기는커녕 너무 허풍 같아서 엄마 귀에 하나도 안 들어왔대요. 내 첫 선생님에 대한 엄마의 첫인상은 그저 '오바쟁이 선생님'이었던 거예요.

"어머니, 학교로 빨리 와 보세요."

그러던 어느 날 다급한 선생님의 전화가 왔대요. 무슨 사고라도 난 건가 놀라서 달려온 엄마가 본 건 선생님과 함께 나란히 피아노 앞에 앉아 있는 아들이었어요.

"기역 사점(4) 니은 일사점(1-4) 디귿 이사(2-4) 리을은 오점(5)…."

엄마의 기억으론 이런 점자송을 선생님이 부르고 있었는데요. 낮게 불렀다가 높게 불렀다가 높낮이를 달리하면서 부르면 내가

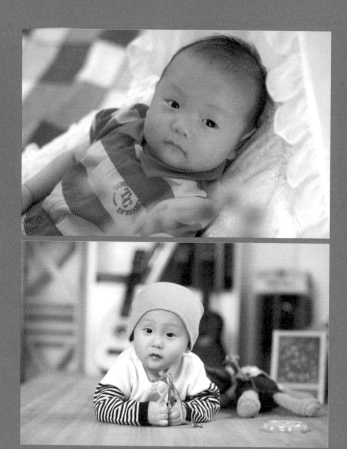

생후 50일(위)과 돌(아래) 사진

거기 맞춰 피아노로 그 음을 다 따라 치고 있더라는 거예요.

"이것 봐요! 건호 음악적 재능 있잖아요."

뜻밖의 광경에 엄마도 많이 놀랐다고 해요. 그도 그럴 것이 우리 집안엔 아무도 음악을 하거나 음악적인 재능이 있는 사람이 없었거든요. 하다못해 노래방 가는 것도 별로 좋아하지 않는 집안인 걸요. 할머니 할아버지가 늘 트로트를 들으시니 나도 따라 듣긴 했어요. 소위 '뽕짝'이라고 하는 노래들. 그래서 귀에 익숙한 그 노래들을 따라 부르기도 했고 모든 노래를 뽕짝처럼 장난으로 바꿔 부르며 재미있게 놀기도 했어요. 심지어 엄마는 내가 뽕짝처럼 바꿔 부르는 애국가를 무척 좋아하기도 해요.

우리 집엔 아직도 내가 어릴 때 좋아했던 장난감 피아노가 있는데요. 어릴 때 나는 그걸 가지고 노는 걸 제일 좋아했대요. 보통 아이들은 장난감을 가지고 놀다가 금방 싫증을 내잖아요. 나도 다른 장난감은 좀 놀다가 싫증 나서 집어 던지는데 희한하게도 그 피아노 장난감만은 밥도 거기 앉아서 먹을 만큼 그렇게 좋아했다고 해요. 엄마는 그게 누르는 대로 소리가 나니까 그런가 보다 생각했대요. 싫증이 나서가 아니라 더는 가지고 놀 수 없을 만큼 낡아져서 버릴 만큼 내가 그렇게 장난감 피아노를 좋아했는데도 엄마는 그게 음악적인 재능이라고는 한 번도 생각해 보지 않았다네요. 그런데 나랑 가장 가깝고 나를 가장 잘 아는 엄마

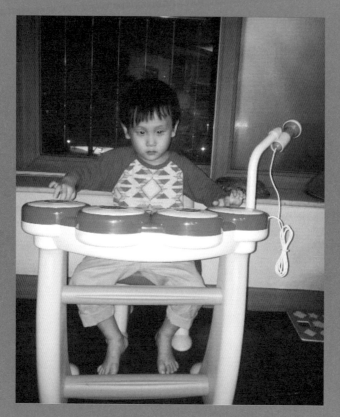

장난감 피아노

조차도 발견하지 못한 나의 재능을 그 오바쟁이 선생님이 발견해 낸 거예요. 그 선생님은 바로 박영주 선생님! 엄마에겐 아마도 빛을 발견하게 해 준 천사였을 거예요.

"건호, 이렇게 음악적 재능 있으니 건호 피아노 가르치세요!"

그때 이렇게 말하던 박영주 선생님의 표정은 어땠을까. 나는 볼 수 없었지만 어쩌면 신대륙을 발견한 콜럼버스의 표정이 그런 표정이지 않았을까요?

용기와 도전을 부르는 주문 '아님 말고'

...

박영주 선생님 얘기만 나오면 엄마는 늘 울먹울먹해요. 다큐멘터리 〈인간극장〉에 내 얘기가 방영된 적이 있는데요. 거기서 엄마가 오랜만에 박영주 선생님을 만나는 장면에서도 엄마는 울었거든요. 선생님이 너무 감사해서 그렇대요.

"아니, 아무리 감사해도 나는 절대 울지 않거든. 감사함을 차분하게 말로 하면 되지, 왜 울어?"
"슬퍼서 우는 게 아니야. 인간의 언어로는 말할 수 없는 감정들이 있는 거야."

생각만 해도 선생님과의 지난 이야기가 파노라마처럼 펼쳐진다는 엄마. 엄마와 선생님 사이의 그 말할 수 없는 감정을 나는 아직 잘은 모르겠어요. 그렇지만 선생님은 엄마에게 늘 그렇게 울컥한 존재인가 봐요.

내 재능의 불씨를 선생님이 처음으로 발견해 주셨지만 그 불씨가 타오르기까지는 과정이 생각보다 쉽지 않았어요. 내게 피아노를 가르쳐 줄 학원을 동네방네 열심히 찾았지만 다들 나를 어려워했대요. 악보를 볼 수 없는 나를 어떻게 가르쳐야 하는지 아마 사람들도 잘 몰랐을 테니까요.

"선생님, 건호가 피아노를 배워야 하는데 가르쳐 줄 사람이 없어요. 어떻게 해요? 제가 어떻게 해야 할지 모르겠어요."

엄마의 간곡한 SOS에 즉각적으로 화답해 준 사람도 박영주 선생님이에요. 선생님이 그 당시 바이올린을 배우고 있었는데 선생님께 바이올린 가르쳐 주던 선생님을 통해 내게 피아노를 가르쳐 줄 선생님을 연결해 주셨거든요.

"되든 말든 일단 해 봐! 안 되면 할 수 없구."

엄마가 선생님께 배운 가장 고마운 건, 바로 이런 적극적인 마음! 뭐든 실패하더라도 도전해 보는 적극적인 마음 말이에요. 어쩌면 '중꺾마'보다 더 힘이 셀지도 몰라요. 중간에 마음이 꺾이더라도 적극적인 마음은 또 다른 도전을 가능하게 만드니까요. 그걸 일깨워 준 선생님 덕분에 엄마는 지금까지 많은 걸 해낼 수 있었다고 해요.

그 첫 도전이 바로 '뷰티플 마인드'였어요. '뷰티플 마인드'는 음악을 통해 더 나은 세상을 만들어 가고자 국내외 다양한 무대에서 문화교류와 사랑을 실천하는 문화외교 자선단체예요. 특별히 장애 및 비장애 저소득층 아동·청소년 인재들을 발굴하여 전문 예술인으로 성장할 수 있도록 지원하는 곳이랍니다.

"뷰티플 마인드라는 단체가 있대요. 거기 지원하면 공짜로 가르쳐 준대요. 거기 한 번 알아봐요."

선생님이 '뷰티플 마인드'라는 곳이 있다는 정보를 먼저 발견하고 엄마에게 알려 주셨어요. 엄마가 '뷰티플 마인드'를 찾아보니 처음에는 영화 〈뷰티플 마인드〉만 주르륵 나오더래요. 러셀 크로가 존 내쉬 박사로 나오는 바로 그 영화 말이에요. 결국 인터넷을 샅샅이 뒤져서 '뷰티플 마인드 채리티'를 찾아냈는데 그만 희망도 잠시. 내 나이는 당시 다섯 살인데 그곳에 지원할 수 있는 연령은 초등학교 3학년, 난 자격 미달이었던 거예요. 실망하는 엄마를 부추겨서 그래도 지원해 보라고 밀어붙인 건 역시 선생님이었어요.

"되든 안 되든 넣어 봐요. 알 게 뭐야? 한번 시도하면 되지. 아님 말고!"

엄마와 선생님이 포기하지 않고 함께 밀어붙인 덕분에 나는 자격 미달임에도 불구하고 '뷰티플 마인드'의 문을 두드렸고 기적처럼 '최연소' 교육생으로 합격하는 뜻밖의 영광을 얻을 수 있었어요. 2015년 내 나이 겨우 다섯 살이었답니다.

오디션에서 슈베르트의 〈송어〉를 연주했는데요. 사실 피아노를 배운 지 얼마 되지 않은 여섯 살짜리가 얼마나 기막힌 연주를 할 수 있었겠어요. 그때 심사하는 선생님들이 보신 건 아마 실력이 아니라 가능성이었을 거예요. 완벽한 연주는 아니지만 틀리면 틀린 대로 거기서 전조를 자유자재로 구사하는 모습을 보여 주는 것으로 충분했다고. 그렇게 해서 '뷰티플 마인드'의 최연소 단원이 될 수 있었고 그런 내 모습이 다큐멘터리 영화로 제작된 〈뷰티플 마인드〉에도 담겨 있답니다.

"아님 말고!"

이 말은 엄마에게 도전과 용기를 부르는 주문 같은 말이 되었어요. 이 주문이 엄마를 더 단단하고 긍정적으로 만들어 주었어요. 어쩌면 그 때문에 지금의 내가 있는 거 아닐까요? 뭐, 아님 말구!

두드려라, 열릴 것이다!

...

나는 재능을 가진 그저 작은 씨앗에 불과했고 거기에 물과 햇빛을 주고 키워 낸 사람들은 따로 있어요. 제일 먼저 부모님이 그렇고 선생님들이 그렇고 후원해 준 사람들이 그렇지요. 그 손길들이 없었다면 내 재능은 그저 작은 씨앗에 그치고 말았을지도 몰라요. 그런 의미에서 나는 참 운이 좋았어요. 그런데 운이란 건 가만히 있으면 결코 내게 오지 않더라구요. 김건호라는 어린 피아니스트를 알리고 필요한 도움의 문을 향해 두드리고. 그렇게 하지 않았다면 나를 위한 행운의 문은 열리지 않았을 거예요. 엄마는 그걸 박영주 선생님한테 배웠다고 했어요. 두드려라, 그러면 열릴 것이다.

박영주 선생님이 '뷰티플 마인드'를 알게 해 주신 덕에 지원했고 최연소 단원으로 합격했어요. 그러면 엄마는 뷰티플 마인드에서 지원할 테니 피아노를 배우는 데 돈이 하나도 안 들어가는 줄 알았대요. 그런데 생각보다 레슨비가 많이 들어가더라고.

"생각보다 레슨비가 좀 많이 드네요. 어떻게 해야 할지 모르겠어요."

"제가 마지막 선물로 뭐 하나 주고 갈게요."

엄마가 박영주 선생님께 하소연을 했더니, 이렇게 말씀하시더래요. 당시 선생님은 파견 근무하는 남편을 따라 외국에 가시게 됐는데 외국으로 떠나기 전에 우릴 위해 선물을 준비하고 계셨던 거예요. 그건 바로 나를 후원자와 연결해 주는 거였죠. KCMC(다국적기업최고경영자협회)라는 단체의 일원 중 한 분에게 선생님이 내 영상을 보냈는데요. 당시 한국 델몬트 사장님이셨던 강근호 대표님(현 에프피아레나 대표님)이 내 영상을 보시고 나를 후원하기로 한 거예요. 박영주 선생님이 후원자를 연결해 주신 덕분에 그때부터 지금까지 매달 적잖은 금액을 후원받고 있답니다. 그 후원이 지금까지 내가 피아노를 하는 데 큰 도움이 되었어요.

박영주 선생님이 준 도움은 그뿐만이 아니에요. 내게 피아노가 필요할 땐 피아노 회사에 전화해 나와 연결해 주셨죠. 일면식도 없는 회사임에도 무작정 전화를 해서 서로에게 도움이 되는 타협을 이루어 내시는 거예요. 가히 윈윈협상의 달인이랄까!

또 코로나 시기에 독주회를 했는데 그때도 선생님이 든든하게 밀어주셨어요. 코로나 때문에 관객을 부를 수 없다고 엄마가 걱정을 했더니 유튜브로 하면 어떻겠냐고 아이디어를 주신 거예요. 그런데 유튜브로 라이브를 할 수 있으려면 구독자가 천 명이 넘

박영주 선생님과

어야 한다고 하더라구요.

"천 명이나 되는 구독자를 어떻게 구해요?"
"왜 못해? 하면 되지."

걱정하는 엄마에게 언제나 그렇듯 선생님은 이렇게 말씀하셨다죠. 그리곤 정말 여기저기 가능한 모든 곳을 다 동원해서 구독자 천 명을 만들어 냈답니다. 덕분에 나는 무사히 유튜브를 통해 온라인으론 처음으로 독주회를 할 수 있었구요. 도전하는 것에 창피함이나 굽힘이 없으신 분, 박영주 선생님.

용기도 배울 수가 있는 건가 봐요. 아니면 닮는 걸까요. 우리 엄마도 선생님 따라 용감해졌거든요. 선생님을 만난 이후부터 엄마도 내게 필요한 일이라면 뭐든 두드리고 알리는 일에 망설임이 없어졌어요.

중학교에 갈 시기가 다가올 무렵, 엄마는 예원학교의 문을 열심히 두드렸어요. 자립형 중학교인 예원학교는 음악, 미술, 무용으로 유명한 예술계 명문 학교예요. 엄마도 그렇고 선생님들도 그렇고 내가 예원학교에 가서 피아노 공부를 하는 게 좋을 것 같다는 생각이었어요. 예원학교에 전화해서 시각장애가 있는 학생의 입학이 가능한지, 시험 기간은 언제인지, 시각장애 학생을 위한 문제지와 답안지가 별도로 제공되는지 등을 열심히 묻고 두드리셨죠. 결국 예원학교 입학은 두 번이나 실패했어요. 어쩌면 실패

할 거라는 걸 알면서도 열심히 문을 두드려 본 이유는 나부터 열심히 몇 번이고 두드려야 예원학교가 나중에라도 나 같은 아이를 위해 준비하는 학교가 되길 바랐기 때문이에요.

"만약에 우리가 '안 될 거야'라고 아예 포기하고 두드리질 않았다면 다음에 또 다른 김건호가 나올 가능성이 아예 없어지는 거잖아."

엄마는 우리가 실패해도 두드려야 하는 이유를 그렇게 말씀해 주셨어요. 열심히 준비했는데도 결국 실패한 두 번의 경험은 속상하긴 하지만 의미 있는 도전이었다고 생각해요. 바위에 작은 균열을 낼 수만 있다면 부서지더라도 기꺼이 바위를 향해 부딪치는 계란이 되어 볼래요.

엄마는, 그리고 나는 지금도 여전히 나라는 사람을 세상에 알리고 세상의 문을 두드리는 일을 주저하지 않는답니다. 목청껏 '나 여기 있다!'고 알리고 두드리지 않으면 내가 원하는 문은 열리지 않을지도 모르니까요. 문이 열릴 때 느끼는 기쁨은 그 무엇과도 비교할 수 없다는 걸 엄마는 너무나도 잘 알고 있어요. 나는 엄마가 밝고 용기 있는 엄마여서 참 좋아요. 장애는 아무것도 아니란 걸 엄마의 삶으로 보여 주고 있거든요.

피아노엔 장애 없다!

...

"요놈!"

그야말로 신정양 선생님께 딱 걸렸어요. 뷰티플 마인드 오디션에서 전조를 자유자재로 구사하는 나를 발견한 그 순간에 말이에요. 그때부터 신정양 선생님은 나의 선생님이 되어 주셨어요. 나를 외면한 피아노 학원들에선 다들 나를 난감해했는데 선생님은 오히려 선생님이 먼저 내게 와 주신 거예요. 그런 선생님이 고마워서 엄마가 이렇게 물어보신 적도 있대요.

"선생님은 뭘 보고 건호를 그렇게 가르친다고 했어요?"
"저는 자신이 있었어요!"

그랬더니 선생님은 이렇게 대답하셨대요. 보이지 않아도 음악적 재능을 훌륭하게 발휘하는 사람들을 많이 봐 왔기 때문에 선생님은 나를 보면서도 자신이 있었다고. 선생님이 미국에서 공부할 때 룸메이트가 시각장애를 가진 친구였대요. 페루에서 태어난 그 친구는 돌에 맞아서 후천적으로 시각을 잃었다는데요. 이후에 미국 부모에게 입양되어 자란 그 친구는 빛조차 보이지 않지만 오케스트라 지휘까지도 훌륭히 해냈다고 해요. 다른 사람들은 그런 모습을 못 봤기 때문에 장애인의 능력을 편협하게 예단할지 모르지만 선생님은 이미 보고 느끼고 경험한 사람으로서 나에게서 충분한 가능성을 봤다고.

선생님을 처음 만났을 때 선생님은 이렇게 말씀하셨어요.

"나는 건호를 장애라고 생각하지 않아요. 나도 피아노 칠 때 눈 감고 치거든요. 사람들이 피아노 칠 때 건반 보고 치나요? 그냥 다 감으로 치는 거예요. 만약에 건호가 손가락이 하나가 없다면 그건 장애라고 할 수 있겠죠. 왜냐하면 피아노 치는 데 제약이 될 테니까. 근데 피아노에서 시각장애는 장애가 아니에요."

나도 정말 그렇게 생각해요. 사실 뭐 미술이나 무용에서는 보이지 않는 게 장애가 될 수도 있겠지요. 그런데 피아노에서는 안 그래요. 예를 들어서 큰 도약이 있을 때 건반이 안 보이는 건 그냥 일반 연주자들도 똑같거든요. 거장들도 피아노는 오른쪽 왼쪽 양손을 컨트롤해야 해서 그 많은 건반을 다 못 봐요. 그냥 거의 외우고 치는 거죠. 저도 그러고 있고 그게 당연하다는 걸 지금까지 계속 경험해 오고 있거든요.

"피아노엔 장애 없다!"

그 말씀을 선생님은 언제나 내게 강조하십니다. 장애보다 내 재능과 가능성을 먼저 봐주신 선생님 덕분에 엄마도 내게 음악을 시켜야겠다고 더 확신 있게 선택할 수 있었대요. 음악은 보이지 않아도 느끼고 이해할 수 있는 공평한 예술이니까요!

내가 제일 좋아하는 말. 선생님이 늘 해 주시는 말. '피아노엔 장애 없다!'는 말이에요. 그 말이 모든 예술에 통용되는 당연한 상식이 됐으면 좋겠어요. 예술엔 장애 없다고!

뾰족한 아이 동그랗게 키우기

...

여섯 살 때 피아노를 처음 배울 때만 해도 나는 엄마 옆에서 잠시도 떨어지지 못하는 껌딱지였어요. 보이지 않는데 엄마가 곁에 없으면 너무 무섭고 불안했거든요. 〈뷰티플 마인드〉에도 그런 모습이 나와요. 주차장에서 차에 타는 그 순간까지도 엄마의 옷자락을 필사적으로 붙들고 있는 모습, 어딜 가든 엄마 뒤만 졸졸 따라다니는 모습. 어느 순간 엄마는 그래서는 안 되겠다 싶었대요. 언제까지고 엄마가 아들 곁에 24시간 붙어 있을 수는 없는 노릇이니까요. 엄마의 단호한 노력 덕분에 엄마 껌딱지는 면할 수 있었지만 불과 얼마 전까지 나는 여전히 엄마가 다 해 줘야 하는 손이 많이 가는 아이였어요.

"어머니, 집에서 건호 뭐 안 시키시죠? 다 해 주시죠?"

초등학교 2, 3학년 때쯤 학교에서 신체 검진 후 선생님과 상담을 했는데 선생님이 그러시더래요.

"어떻게 아셨어요?"

"건호가 대근육은 발달이 됐는데 소근육 발달이 안 됐어요. 그렇다는 건 뭘 씹는다거나 먹는다거나 단추를 끼운다는 것 같은 걸 다 어머니가 해 주신다는 거예요. 그러면 안 돼요!"

선생님 말씀에 엄마는 말 그대로 '현타'가 왔다고. 아이를 위한다고 한 것이 결국 독이 되는 일이었다는 걸 그때 절실히 깨달았대요. 그때부터 엄마는 내 양육 방법을 확 바꿨죠.

목욕할 때 다 씻겨 주고 수건으로 닦아 주고 머리 말려 주고 로션도 발라 주고 잠옷도 입혀 주던 그 일련의 과정에서 처음엔 양치하고 세수하는 걸 혼자 하게 시키기 시작했대요. 그다음엔 머리를 혼자 감게 하고 차례차례 하나씩 혼자 하는 걸 늘려 가는 방법으로 일상생활을 바꿔 갔는데요. 내가 순순히 따를 리가 없었겠죠.

"엄마, 이거 해 줘."

"아니야, 이거 네가 해야 하는 거야. 언제까지 다 컸는데 엄마가 해 줄 거야?"

어느 날 갑자기(적어도 나한테는 갑자기라고 느껴졌어요!) 엄마가 이렇게 말씀하셨어요.

아빠와 함께

아빠와 함께

그런 엄마가 처음엔 사실 당황스러웠어요. 최소한 사전에 말이라도 조금 해 줬으면 대비를 할 수 있었을 텐데 너무 갑작스러운 '자립 통보'라는 생각이 들었거든요.

"나 연습 끝나서 너무 피곤한데 왜 나한테 하라 그래?"

엄마한테 투정 어린 반발도 해 봤지만 단호한 엄마에겐 통하지 않았어요. 덕분에 나는 이제 웬만하면 모든 걸 혼자 할 수 있는 소년이 되었죠. 정수기에서 혼자 물도 척척 따라 마시고 식사 후 밥그릇도 알아서 치우고. 보이지 않는다고 해서 혼자 할 수 없는 일은 거의 없어요. 이쯤 되면 꽤 자립적인 사람으로 잘 자라 가고 있는 거 맞죠?

또 부끄러운 고백이지만 어릴 때 나는 이기적이라는 말을 좀 많이 듣는 아이였대요. 역시 기억이 잘 안 나지만 지금도 그런 면이 좀 남아 있는 걸 보면 아마도 어릴 때 내가 그랬다는 엄마 말을 인정해요. 여기저기서 사람들에게 이기적이란 소리를 적잖게 들으니 엄마는 내가 정말로 이기적인 아이로 자랄까 봐 걱정이 되어서 특별한 노력을 기울여야 했다네요. 다른 사람들과 잘 어우러지는 아이로 자랄 수 있도록 선생님들한테 '국영수보다 인성교육'에 더 중점을 둬 달라고 항상 간곡히 당부하셨다고 해요. 어떤 부모님들은 뭐든 1등 하는 아이, 성적 좋은 아이가 되기를 제일 먼저 바란다는데 우리 엄마 참 멋지지 않나요?

엄마는 나더러 자기밖에 모르는 아이라고 가끔 야단도 쳐요. 외동이기 때문에 더 그렇다고. 무엇보다 늘 '건호 건호!' 건호가 최고인 할머니 할아버지와 함께 살다 보니 오냐오냐 다 받아 주시니까 더 이기적이라나요. (내가 그렇게까지 이기적인가?) 암튼 순순히 고분고분하지 않고 대체로 이렇게 묻는 아이가 나란 거죠.

"내가 왜 남을 맞춰 줘야 해?"
"내가 왜 남의 시선에 따라서 바꿔야 해?"

나의 의지나 바람보다 남의 시선을 더 신경 써야 한다는 건 아직도 이해 불가이긴 해요.

"아니야, 남한테 피해를 끼치면 안 돼. 민폐가 되면 안 돼. 이거는 불편하든 불편하지 않은 사람이든 다 똑같이 적용되는 거야. 그렇게 안 배운 애들도 있는데 그렇게 안 배운 애들 엄마는 싫어. 나는 내 아들이 안 그랬으면 좋겠어."

내 이의제기에 대해 엄마는 늘 그렇게 강조하시곤 한답니다.

4학년 때 서울시향과 협연 준비할 때 특히 혼났던 기억이 나는데요. 아마 TV로 전 국민이 다 알도록 혼났기 때문에 분명하게 기억하고 있어요. 다큐멘터리 〈인간극장〉이 그 모습을 담아서 방송했거든요. 그때 서울시향에서 나를 위해 점자로 프로그램북을 만들어 주셨어요. 프로그램북을 그렇게 점자로 만들어 준 건 그때가 처음인 것 같아요. 그래서 엄마는 그 배려가 너무 감사했었나 봐요. 점자 프로그램북을 나한테 주시면서 한번 소리 내서 읽어 보라고 하셨어요. 점자 프로그램북을 소리 내어 읽으며 내게 감사한 마음이 생기길 바라셨던 거예요. 그런데 엄마가 보기엔 내가 엄마 맘처럼 잘 읽으려고 하지도 않고 별로 고마워하는 것 같지도 않아 보였나 봐요.

"너무 못됐다, 진짜!"

화를 잘 내지 않던 엄마가 화가 나서 큰소리로 야단을 치셨어요. 사실 고마워하지 않았던 건 아니었는데. 엄마는 내가 고마운 표현을 해 주길 바라셨나 봐요. 가끔은 나도 좀 억울한 게 있는데 '고맙다, 감사하다'는 표현을 잘하지 않는다고 해서 감사함을 못 느끼는 건 아니라는 거예요. 그저 적극적으로 표나게 표현하지 않는 것뿐이지 마음속으론 감사함, 고마움 그런 거 다 느끼고 있다는 걸 엄마도 좀 알아주면 좋겠어요.

나도 이기적인 어른은 되고 싶지 않아요. 엄마가 강조하는 것처럼 모나지 않고 성격 좋게 사람들과 잘 어우러지는 사람으로 자라 가려고 엄마 말씀 늘 새기고 있다구요. 그런데 엄마 말처럼 모든 사람들한테 예쁨을 받는다는 건 어쩌면 가능하지 않은 일 아

할아버지 할머니와 함께

닐까요. 내가 옳다고 믿는 것을 밀고 나가려면 때로는 미움을 받을 때도 있는 거잖아요.

　소신 없이 너무 둥글게 잘 굴러가는 사람도 나는 그다지 되고 싶지 않은 거 같아요. 나도 엄마 말씀 잘 들으려고 노력하니까 엄마도 때로는 내가 표현하지 않는 마음의 말들에도 귀를 기울여 주면 좋겠어요. 나도 어떨 때는 내 마음의 소리가 무슨 소리인지 잘 모르겠을 때가 있는 걸요.

말만 잘해? 말도 잘해!

...

아주 어릴 때 나는 말이 늦은 아이였대요. 보통 아이들이 엄마의 입 모양을 보고 '엄마!' 하고 따라 하잖아요. 그런데 나는 어른들의 입 모양을 볼 수 없으니까 처음에 입을 떼기가 무척 어려웠던 거예요. 그래서 손으로 입 모양을 만질 수 있게 해 준다거나 어른들의 여러 노력으로 겨우 말을 뗄 수가 있었다고 해요.

내가 처음으로 입을 뗀 말은 바로 '아빠'. 다른 애들은 대부분 '엄마'라는 말을 제일 먼저 뗀다는데 나는 '아빠'였다니. (아빠를 그 정도로 많이 좋아했다니 아빠가 나를 야단칠 때 가끔은 그 사실을 좀 기억해 주면 좋겠네요!) 아빠라는 말을 한 번 떼고 나니 그다음부터는 말을 배우는 속도가 어마어마하게 빨라졌다고요.

그 무렵엔 완전한 문장으로 이루어진 말이 아니라 그냥 마구잡이로 쏟아 내는 단어들의 나열에 불과했는데요. 말도 안 되는 어린아이의 그 모든 말을 할머니 할아버지가 다 받아 주셨다고 해요. 왜냐면 또래 친구들이랑 놀 수가 없으니까 할머니 할아버지가 거의 친구처럼 손주와 대화를 해 주신 거죠. 정말 대단하신 할머니 할아버지!

그래서였는지 어느 순간부터는 또래 친구들보다 언어 구사 능력이 월등해졌는데요. 여섯 살 때 언어 인지 능력을 테스트해 봤더니 약 초등학교 3학년 정도의 언어 구사 능력이라는 결과가 나왔다고 해요. 그럴 수밖에 없는 것이 나와 얘기하는 상대가 대부분 나보다 연령대가 높은 사람들이었거든요. 집에서는 할머니 할아버지 그리고 엄마 아빠, 유치원과 학교에서는 선생님이 주로 얘기 상대였으니까요. 유치원 때 우리 반에 있던 친구들은 대부분 중복으로 장애가 심해서 거의 말을 못했기 때문에 친구들보다는 거의 선생님과 대화를 했거든요. 학교에 가서도 거의 비슷한 상황이었고요. 그래서 내가 쓰는 언어는 또래의 말투라기보다는 좀 애늙은이처럼 들릴 수도 있을 것 같아요. 내가 말을 하면 어른들이 놀라기도 하고 웃기도 하는 이유가 바로 그런 애어른 같은 말투 때문이 아닐까 싶어요.

처음엔 보이지 않아서 말이 늦었지만 나중엔 보이지 않아서 소리에 더 민감하니까 언어 구사 능력이 더 탁월해졌는지도 모르겠어요. 그래서 나쁜 게 다 나쁜 것만은 아니라고 하는 걸까요? 그렇다고 좋은 게 또 다 좋은 것만도 아니겠지만요.

나는 언어로도 말을 하지만 피아노로도 말을 하는 사람이잖아요. 내 안의 모든 말들이 언어로, 음악으로 그리고 나 자신으로 온전히 사람들에게 가닿을 수 있었으면 좋겠어요. 그게 바로 '예술'이라고 하는 거 아닌가요.

피아노라는 게임의 세계

...

장난감 피아노를 싫증도 내지 않고 낡아서 망가질 때까지 가지고 놀았던 아이가 바로 나였다죠. 어쩌면 피아노도 내게 그런 장난감 같은 것 아니었을까 하는 생각이 들어요. 재미가 없었다면 지금까지 피아노를 치진 않았을지도 몰라요. 새롭고 낯선 곡들을 만나면 마치 내가 좋아하는 게임에 도전하는 기분이 들기도 해요. 물론 너무 어려운 곡을 익혀야 할 땐 가끔 꾀도 나고 그만하고 싶을 때도 있지만 도전에 성공하고 나서 얻는 성취의 기쁨은 이루 말할 수가 없거든요. 어려운 게임에 도전하고 성공해서 레벨업하는 기분이랄까. 그 짜릿한 성취감이 피아노를 계속할 수 있게 하는 힘 같아요.

2017년 일곱 살 때 브루크밀러 25개의 연습곡으로 첫 독주회를 했는데요. 처음으로 하는 독주회라 부담도 되고 혼자 연습하면서 너무 힘들었거든요. 그런데 무대를 마치고 나서 처음으로 그렇게 많은 꽃다발을 받아 봤어요. 그 꽃다발들은 내 연주를 듣고 청중들이 건네는 찬사와 고마움의 표시라고 생각하니까 연습할 때 힘들었던 마음이 싹 사라지는 기분이었어요. 그 첫 독주회를 해내고 나니 자신감이 붙어서 그 이후로는 거의 매달 다양한 콩쿠르와 연주회를 소화해 낼 수 있었어요.

두 번째 독주회는 2020년 바흐의 〈인벤션〉과 〈신포니〉 30곡을 연주해 내는 '올 바흐(All Bach)'라는 타이틀의 독주회였는데요. 바흐의 〈인벤션〉은 흥미를 갖고 피아노를 배우던 아이들에게도 고비가 될 만큼 따분한 음들이 반복되는 작품이거든요. 그때도 정말 많이 힘들었어요. 평일엔 학교 끝나고 연습하고 주말엔 온종일 연습해야 하는 빡빡한 날들이었어요. 연습에 연습을 이어가다 보면 어느 순간엔 그냥 아무런 생각이 들지 않는 순간이 있는 거예요. 마치 버그가 일어나서 멈춰 버린 로봇처럼. 그럴 때는 1시간 정도 그냥 멍하니 앉아 있다가 1시간 뒤쯤 물 마시고 나면 서서히 다시 정신이 돌아오곤 했어요. 따분함을 잊기 위해 〈인벤션〉 각 번호마다 평소에 좋아하는 점자 도감에서 얻은 새와 동물들의 느낌을 떠올리며 나만의 감성을 넣으려고 노력했어요.

'이제 이것도 다 미래의 나를 위한 거고 이게 반복되다 보면 나중에는 언젠가는 훌륭한 연주가 나올 테니까!'

멍하니 있다가도 정신이 들면 이런 생각으로 결국 끝까지 버텨

낼 수 있죠.

바흐 독주회는 코로나 때라 온라인으로 했는데요. 준비할 때는 객석에 아무도 없이 혼자 하는 연주회라는 것도 사실 어색하고 걱정되고 그랬어요. 그러나 객석은 텅 비어 있었지만 유튜브 채널을 통해 지켜본 수백 명의 관객이 달아 준 댓글들은 정말 감동이었어요. 문자를 소리로 변환해서 달린 댓글들을 듣다가 중간에 포기할 만큼 많았어요. 그동안은 '어린데' 또는 '장애가 있는데' 대단하다는 칭찬을 많이 받았는데 비대면으로 공연을 하니 사람들이 오로지 내 음악에만 집중해 줘서 더 기뻤어요. 바흐를 연습하면서 어려운 고비를 넘어서고 나니 어느 순간 바흐가 너무 좋아지는 거예요. 그래서 정말 좋아하는 마음으로 연주를 했는데 사람들은 어떻게 그걸 느꼈는지 '즐긴다는 느낌을 줄 만큼' 좋았다고 했어요. 역시 피아노는 마법처럼 마음을 전달하는 아름다운 악기였던 거예요.

이탈리아 콘체르토 4악장은 또 어떻구요. 피날레에 뭔가 특별하게 더 잘해야 한다는 부담 때문에 처음 배울 때부터 연주하는 그 순간까지 너무 힘들었던 곡이에요. 그리고 해결해야 할 문제점이 많아서 오히려 가장 도전해 보고 싶었던 곡이 있는데 바로 쇼팽의 왈츠였어요. 이 곡은 왼손 점프가 상당히 많은 곡인데요. 처음으로 점프가 엄청난 곡을 하려니까 많이 힘들었어요. 정작 배우는 데는 며칠 걸리지 않는데 연습하면서 템포를 빠르게 올려야 하는 단계에서는 정말 막다른 고비 같았어요. 이 곡을 연습할

포아 영재콘서트

때는 오른손보다 왼손 연습을 더 많이 한 것 같아요. 아무리 어려웠던 곡도 열심히 연습해서 무대에서 연주를 해내고 나면 스스로 많이 성장한다는 걸 매번 느껴요. 쇼팽 왈츠곡이 너무 어려워서 연습하기 정말 싫었는데 결국 해내고 나니 내가 엄청나게 바뀌었다는 게 느껴지더라구요.

지난 3월, 마인클랑 국제피아노콩쿠르 1등 초청 독주회도 내겐 또 다른 도전이었어요. 사실 독주회는 모든 프로그램을 나 혼자 다 이끌어 가야 하기 때문에 일반적인 연주회보다 더 힘든 부분이 있긴 해요. 그 독주회는 특별히 중간에 곡 소개도 하고 시도 읊고 전체를 제가 진행해야 했는데요. 처음으로 연주하는 곡들을 4개월 만에 해내야 하는 것도 쉽지 않았는데 진행까지 해야 해서 더 부담이었어요. 그런데 오신 분들이 모두 좋아해 주시고 박수도 많이 쳐 주셔서 또 하나의 좋은 기억이 된 것 같아요.

항상 새로운 단계의 어려움을 이겨 내고 나면 주어지는 짜릿한 레벨업. 그 레벨업의 단계를 거치면서 여기까지 왔어요. 더 어려운 단계가 기다리고 있다고 해도 별로 두렵거나 걱정되지는 않아요. 왜냐하면 또 클리어하고 다음 단계로 레벨업 될 테니까요. 피아노가 선사하는 어메이징하고 스펙터클한 어드벤스 게임의 세계~ㅋ 나는 그 흥미로운 세계에 살아요!

숨은 재능 찾기

...

신정양 선생님이 나를 만나고 난 후 선생님의 스승님께 내 얘기를 하셨대요. 스승님이 이스라엘 분이셨는데 내 얘기를 들으시고는 신 선생님께 동영상 하나를 보내 주시면서 이렇게 말씀하셨다고 해요.

"네가 영재를 키운다고 하니 우리는 영재를 어떻게 키우는지 보여 줄게. 한 번 참고하여라."

스승님이 보내 주신 영상 속에는 한 이스라엘 아이가 노래도 부르고 바이올린도 하고 작곡도 하고 피아노도 치는 모습이 담겨 있었다는데요. 다양하게 음악적인 재능을 펼치는 그 아이의 영상을 보신 후 신 선생님은 피아노 외에도 키워 줄 수 있는 나의 또 다른 능력이 뭐가 있을까 곰곰이 고민해 보게 되셨다고 해요. 그랬더니 내게서 작곡의 재능이 보이더라고요.

그 이후부터 선생님은 피아노와 더불어 작곡도 내게 조금씩 가르치기 시작하셨어요. 어렸을 때 반복적으로 피아노 연습을 하다 보니 나도 모르게 내 안에 다양한 멜로디를 만들고 있었던 것 같아요. 4학년부터 작곡 수업을 시작했는데요. 피아노에 더해 작곡 수업까지 하는데도 불구하고 힘들다는 생각이 전혀 들지 않았어요. 피아노에서 겪는 어려움을 작곡으로 조금 풀 수 있다고 할까. 그래서 오히려 좋았어요.

> 소나기 내리는 그 밤,
> 우리 함께 춤추며 사랑을 노래합니다
> 별들이 쏟아지는 그 밤,
> 우리 함께 기뻐하며 사랑을 속삭입니다
> 가을비 내리는 그 밤,
> 우리 함께 춤추며 사랑을 노래합니다
> 그 사랑과 기쁨이 있는
> 비 내리는 그 밤.

이 시는 3학년 때 잠깐 써 둔 시인데요. 작곡을 배우면서 이 시에 곡을 붙여서 〈비 내리는 그 밤〉이란 노래가 되었답니다. 그리고 2020년에 온라인으로 진행한 캐나다 국제음악대회의 라이징 스타 재즈 연주 부문에서 직접 작곡한 〈Day By Day〉라는 곡으로 1위를 하기도 했어요. 〈Day By Day〉는 해외 뮤직 페스티벌에

신정양 선생님과

서 앙코르곡으로 연주하려고 만들었던 곡인데요. 프로젝트가 취소되면서 서울시향 콘서트의 마지막 앙코르곡으로 사용되기도 했답니다.

또 〈대왕고래〉라는 곡도 의미 있는 곡으로 기억이 되는데요. 2021년에 환경의 날을 기념해서 멸종 위기에 처한 해양 동물을 지키자는 취지에서 만든 곡이에요. 나직한 바순 소리는 곡을 이끌어 가는 주인공인 늙은 대왕고래를, 청아하게 울려 퍼지는 플루트의 선율은 고래의 휘파람을 표현했어요. 대왕고래 말에 맞장구치는 작은 물고기들은 클라리넷과 호른, 오보에로 표현했고 피아노와 타악기로는 바닷속 물결을 표현했어요. 이 곡을 구상할 때 가장 궁금했던 건 '고래는 얼마나 오래 살 수 있을까?' 하는 점이었는데요. 오염되지 않은 바다에서 대왕고래는 100년도 넘게 살 수가 있대요. 그런데 사람들이 저지른 환경오염 때문에 얼마 살지도 못하고 고통스럽게 죽어야 하는 대왕고래를 생각하니 마음이 아프더라구요. 100년 동안 살아남은 대왕고래의 회상과 더불어 현재 고통받는 바닷속 친구들을 위한 응원을 하고 싶어서 만든 곡이 〈대왕고래〉였어요.

그 외에도 지금까지 여러 곡을 만들어 오고 있는데요. 2021년 작곡한 〈데모고르곤(Demogorgon)〉이라는 곡은 좋아하는 애니메이션에서 아이디어가 떠올라 만든 곡이에요. 초등학교 2학년이었던 2018년부터 피아노 연습량을 늘리면서 놀이 삼아 즉흥연주를 하기 시작한 것을 처음 악보로 정리한 게 〈가을길〉이라는 피아노 선율인데요, 이때 하이든의 변주곡을 한창 배우고 있을 때라 지금 생각해 보니 그 느낌이 많이 반영되었어요. 이렇게 모방의 단계에서 익숙한 선율과 화성을 사용해 창작하는 단계로 나아가는 이 작곡의 과정에서 음악으로 소통하는 재미를 느끼게 되었답니다. 피아노는 더 좋은 작곡을 할 수 있게 해 주는 도구이고, 작곡은 그 도구를 이용해서 아름다운 음악들을 만들어 '대중들과 소통할 수 있게 해 주는 길'이라고 생각해요. 신정양 선생님이 나도 몰랐던, 내 안에 숨어 있는 재능을 발견해 주지 않았다면 나는 아마 그 행복한 길을 누리지 못했을 거예요.

작곡하는 과정은 처음 이렇게 시작했어요. 우선 어떤 한 곡을 마치고 나면 내가 멜로디를 새로운 주제로 구성한 다음 선생님이 그 주제를 들어보고 거기서 왼손을 어떻게 발전시킬지 고민을 해 봐요. 그런 다음 내가 선생님께 불러 드리는 악보를 선생님이 그려 주시고, 마지막으로 그려 주신 악보를 선생님께서 음원화해 주시면 그 음원을 듣고 최종적으로 모든 곡을 다 만들고 점검을 다 끝낸 다음 악보를 다듬어 마무리하면 하나의 곡이 완성되는데요. 요즘은 첨단기술을 이용하면 그렇게 복잡한 과정을 거치지 않아도 돼요. 컴퓨터 프로그램을 이용해서 내가 피아노를 치면 그 음이 미디라는 파일로 기록이 되고 그것을 일반 악보로 바로 변

<대왕고래>

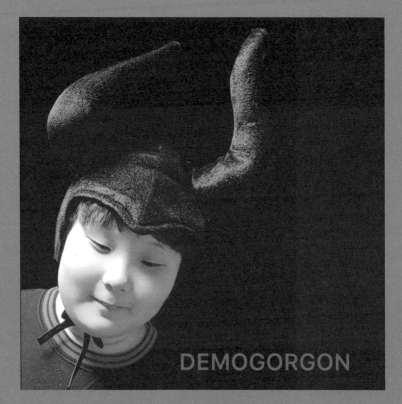

DEMOGORGON

<데모고르곤>

환할 수 있거든요. 그런 식으로 작곡을 해도 시간이 좀 걸리긴 하지만 전에 선생님이 내가 부르는 걸 받아 적어야 했던 1차원적인 과정보다는 훨씬 간단해졌죠. 이렇게 내가 원하는 의도대로 조금 더 확실하게 쓸 수 있으니 시간도 줄이고 일석이조에요.

'앞으로는 이 아이가 어떻게 또 본인의 재능을 발현할지 제가 계속 지켜보는 중입니다. 앞으로는 콘텐츠가 중요한 시대이기 때문에 건호가 멀티 아티스트로서의 역량을 발휘할 수 있는 시대가 될 거라고 생각합니다.'

어떤 인터뷰에서 신 선생님은 이렇게 말씀하셨어요. 이렇게 지켜봐 주시고 기대해 주시는 선생님이 있어서 나도 미처 알지 못했던 내 안의 재능을 발견해 가고 있어요. 어쩌면 재능이란 '화수분' 같은 것 아닐까요? 긍정의 눈으로 지켜봐 주고 애정 어린 관심으로 북돋우고 토닥일수록 어떤 한 사람 속에 숨어 있던 재능들이 더 많이 발현될 수 있을 테니까요. 그 사실을 좋은 선생님들이 내게 증명해 주셨어요. 자기 안에 숨은 보물이 있는 줄도 모르고 살아가는 사람들이 얼마나 많을 텐데 나는 일찌감치 그 보물을 발견하는 행운을 누렸네요. 앞으로 음악이 내 안에 숨은 또 다른 보물을 찾아 줄 거예요.

점자 악보는 너무 어려워

...

악보를 볼 수 없는 나를 위해 선생님은 피아노 연주를 왼손 따로, 오른손 따로, 그리고 양손을 합쳐서 각각 녹음을 해 주셨어요. 그러면 나는 그것을 구간별로 끊어 가며 수없이 반복하는 방법으로 곡을 익혔죠. 선생님은 미국의 음악학자 에드윈 고든 (Edwin Gordon)의 오디에이션(audiation) 원리를 따라 나를 가르치셨다는데요, 듣기(audio)와 생각하기(ideation)의 합성어라고 해요. 쉽게 말해서 언어로 생각하는 것처럼 음악으로 생각하는 거예요. 이 원리를 따르면 아기들이 말을 배우는 과정처럼 자연스럽게 음악을 배울 수 있어요. 아기들은 글씨를 못 읽어도 언어를 배우잖아요? 그래서 악보 없이도 음악을 가르칠 수 있을 거라 예상하셨대요. 내가 에드윈 고든의 이론으로 의도한 음악교육의 국내 첫 케이스라고 해요.

에드윈 고든은 그의 음악학습이론에서 오디에이션(Audiation)을 특히 강조했다고 해요. 오디에이션이란 음악이 실제로 들리지 않을 때에도 우리의 머릿속에서 음악을 듣고 이해할 수 있게 하는 인지 과정이라고 합니다. 즉, 오디에이션이란 그림 그리듯이 상상 속에서 음악을 그리는 능력이에요. 이 이론에 따르면 먼저 악보가 아닌 '소리'를 배우고 소리를 들을 수 있는 능력을 키우고 난 다음에 비로소 악보를 배우는 거랍니다.

드디어 곡의 분량이 늘어나니까 내게도 악보를 배워야 하는 순간이 왔어요. 물론 점자 악보죠. 소리로만 피아노를 익히는 데는 한계가 있었거든요. 다른 아이들은 악보를 보면서 잘 안 되는 부분에는 빨간 표시를 해 둔다든지 나름의 방법으로 연주를 익히는데 나는 머리로만 기억해야 하니까 한계가 있을 수밖에 없었어요. 무엇보다도 작곡가의 의도를 파악하고 제 해석에 이 의도를 녹여 내는데 손에 잡히는 악보가 정말 필요했어요. 그 필요성을 느끼기 시작한 게 초등학교 5학년 때였어요.

"안 되겠다. 이제 무조건 악보가 있어야겠다!"

사실 선생님은 내게 악보가 있어야 한다는 걸 예상하시고 점자 악보 지도해 주실 분을 줄곧 찾으셨어요. 그래서 초등학교 4학년 때부터는 점자 악보를 익히기 시작했는데요. 제대로 된 점자악보는 정말 배우기도, 구하기도 너무 어려웠어요. 점자 악보는 필요한 곡의 점자 악보를 실로암복지관에 요청하면 만들어 주었는데요. 점자 악보 하나 만드는 데 시간이 얼마나 오래 걸리는지 어떨 땐 내가 곡을 다 익히고 난 후에야 악보가 도착하는 경우도 많았어요. 무엇보다 점자 악보는 그것을 배우는 것만도 너무 어려웠는데요. 그때 혜성처럼 나타나 나를 구원해 주신 분이 바로 권현지 선생님이랍니다. 신정양 선생님을 통해 내 어려운 사정을 듣고 권현지 선생님이 선뜻 나서 주기로 한 거예요. 마침 권현지 선생님은 실로암복지관 근처에 사셨는데요. 권 선생님이 먼저 점자 악보를 배우고, 내가 쉽게 이해하도록 정리한 다음 내게 점자 악보를 하나하나 가르쳐 주셨어요. 말이 쉽지, 실제 과정은 훨씬 더 어려운 과정이었어요. 내게 점자 악보를 가르쳐 주기 위해서 권 선생님은 시간과 노력과 그 외의 많은 것들을 기꺼이 희생하셨던 거예요. 그런 권현지 선생님 덕분에 비로소 나도 점자 악보를 읽을 수 있게 되었어요.

점자 악보가 어렵지만, 특히 피아노 악보가 어려운 건 양손 악보를 다 표시해야 하기 때문이에요. 첼로 같은 경우는 멜로디가 하나밖에 없으니까 그것만 읽으면 되는데 피아노는 달라요. 피아노는 양손을 다 쳐야 하니까 왼손 악보와 오른손 악보까지 거의 오케스트라 사이즈의 점자 악보가 나와요. 무엇보다 내가 가장 힘들었던 건 점자화되어 내게 온 악보에 틀린 부분들이 너무 많았다는 거예요. 어떤 건 한 마디가 없다거나 또 어떤 건 음표 하나가 잘못되어 있다거나. 어쩌면 옥에 티처럼 작은 부분이지만 그 작은 부분 하나만으로도 완전히 다른 악보가 되어 버리기도 하거든요.

이미 점자화된 악보는 틀린 곳이 있더라도 수정할 수가 없어요.

권현지 선생님과 점자 악보 배우기

연주회를 마치고 권현지 선생님과 여러분

이미 종이로 찍혀 나온 거니까요. 그러니까 잘못된 건 처음부터 다시 찍지 않는 한 그대로 봐야만 한다는 거죠. 다시 찍으려면 또 그만큼의 시간이 걸려야 하는 데다가 다시 찍은 악보가 완벽하리란 보장도 없으니까요. 그러니까 틀린 악보라도 버릴 수는 없어요. 신 선생님도 점자 악보를 못 읽으시니까 선생님은 선생님의 악보를 보고 나는 내 점자 악보를 보면서 서로 안 맞는 부분을 찾아가면서 그렇게 틀린 부분을 수정했어요. 그 과정만으로도 시간이 오래 걸리고 힘들었죠. 지금은 점자 악보의 질이 많이 좋아지긴 했지만, 그때는 나도 선생님도 다 처음이라 잘 몰라서 정말 많이 헤매야만 했답니다.

이렇게 점자 악보를 익히는 과정만 해도 여러 어려움이 있었지만 점자 악보를 익히고 나니까 음악을 더 깊이 있게 이해하게 되는 것 같아요. 선생님이 쳐 주신 음원을 듣고 외워서 칠 때와는 다르게 점자로 악보를 먼저 읽은 다음 연주를 하면 음악을 더 많이 상상하게 되니까 그런 것 같아요.

"너는 점자를 따로 배워야 하고 비장애인들은 묵자를 따로 배워야 하잖아? 하지만 그렇게 말고 처음부터 점자와 묵자를 같이 배운다면 훨씬 좋지 않을까?"

점자 악보를 익힌 그 힘든 과정을 곁에서 지켜본 엄마는 이렇게 말씀하시곤 하는데요. 나는 좀 생각이 달라요. 예를 들어, 나는 요즘 감사하게도 '따뜻한 동행'에서 '한소네'를 지원받아 유용하게 사용하고 있는데요. 한소네 같은 편리한 보조기기를 사용하면 점자든 묵자든 서로 변환이 가능하거든요. 그러니까 괜히 어렵게 점자와 묵자를 다 같이 배우는 것보다 그냥 각자 편한 방식대로 쓰면 되지 않을까 생각해요. 물론 모두가 묵자든 점자든 다 읽을 수 있는 환경이 되면 내겐 좀 더 편할 수 있겠지요. 그런데 장애가 없는 사람의 입장에서 묵자와 점자를 다 공부해야 한다고 생각하면 좀 싫을 거 같거든요. 한소네처럼 묵자와 점자 변환이 자유로울 수 있는 보조기기를 이용할 수 있다면 굳이 힘들게 점자 공부할 필요가 없지 않을까 생각하거든요.

이제는 실제 악보를 점자화시키는 프로그램들도 이미 나와 있다고 해요. 그런 프로그램을 이용해서 만들어진 파일을 점자 프린터로 인쇄하면 점자 악보를 얻을 수 있는 건데요. 이제 필요한 건 점자화시킬 수 있는 디지털 악보의 리소스에요. 예를 들어 국립 점자도서관에 그런 리소스들이 많으면 필요한 사람들이 얼마든지 그걸 다운로드해서 프린트를 할 수 있는 거거든요. 그렇게 되면 시각장애인들뿐 아니라 다른 사람들도 유용하게 이용할 수 있겠죠.

장애인이 편하면 모두가 편해진다는 유니버설이란 바로 이런 거 아닌가요. 앞으로 내게 필요한 악보를 언제 어디서든 편리하게 구해서 점자화할 수 있게 되면 좋겠어요. 그러면 나는 그 악보들을 자유롭게 읽으며 더 많은 음악을 상상할 수 있게 될 테니까요.

못 말리는 사춘기

...

내가 작곡한 음악 중에 〈못 말리는 사춘기〉라는 곡이 있어요. 그 곡 때문에 사람들은 내 사춘기가 좀 특별했을 거란 생각을 하는 것 같아요. 그런데 나는 솔직히 잘 모르겠어요. 내 생각엔 그저 별다른 변화 없이 조용한 사춘기를 보낸 것 같거든요.

그런데 엄마의 기억은 좀 달라요. 엄마 기억으로 내 사춘기는 초등학교 3학년 때쯤 시작이 되었다는데요. 엄마 기억대로라면 사춘기가 좀 빠르지요? 엄마 말씀으로는 내 언어 능력발달이 보통의 아이들보다 훨씬 빨라서 사춘기도 그럴 거라는데요. 엄마가 기억하는 내 사춘기를 한번 따라가 볼게요.

"내가 왜 피아노를 해야 해?"
"왜 엄마가 내 진로를 정해?"
"내가 언제 피아노 한다고 했어?"

우선 이런 투정을 초등학교 3, 4, 5학년 때 내가 가장 많이 했다네요. 집에서는 엄마랑 가장 많이 함께 있으니까 엄마에게 쏟아 냈지만 내가 엄마보다 더 많은 시간을 같이 보내는 사람은 신정양 선생님이었거든요. 그래서 신정양 선생님한테 많이 대들기도 하고 혼나기도 하고 선생님과 가장 치열한 시간을 보냈다고 해요.

자세히 기억나진 않지만 내 사춘기를 가장 괴롭힌 존재가 있다면 그건 아마 바흐였을 거예요. 그 무렵 '올 바흐(All Bach)'라는 타이틀로 독주회를 준비할 때였는데요. 바흐는 자녀들이 아주 많았어요. 두 번 결혼했는데 20명이 넘는 아이들이 있었대요. 그 중에는 음악가가 된 아이들도 있었는데요. 그래서 바흐는 자식들을 위해서 연습곡으로 〈인벤션〉과 〈신포니아〉를 썼대요. 15개씩 총 30곡을 썼는데 첫째가 배워서 둘째한테 알려 주고 둘째가 셋째한테 셋째가 넷째한테 이렇게 대물림되어 쭉 이어졌다고 하거든요. 게다가 그때가 하필 코로나 때였어요. 코로나 때문에 학교도 제대로 못 가지, 바흐는 너무 어렵지, 그래서 나름 스트레스가 많았나 봐요. 선생님하고 많이 싸웠대요.

"선생님은 악보를 보고 '야, 이 부분은 이렇게 쳐야 해' 하시면 넌 '왜요?' 그러면서 수긍을 안 해. 근데 싫다고 하면 또 혼나니까 입을 닫고 있어. 아무리 '이렇게 이렇게 해야 더 맛이 나고 좋은 음악이야'라고 설명을 해도 너는 네가 수긍을 안 하면 입에 꽉 지

퍼를 채우는 거야."

선생님과 내가 벌이는 신경전을 밖에서 듣고 있으면 엄마는 속이 탔다고 했어요. 그냥 '네!' 하고 선생님이 시키는 대로 순순히 따르면 될 일을 내가 수긍 안 하는 것에 대해서는 끝까지 아니라고 고집을 피웠다네요. 결국은 된통 혼이 나고 나서야 선생님 말을 들었다며 엄마는 그래요.

"막상 그렇게 쉽게 고칠 거를 꼭 혼이 나고 나서야 마지막에 고쳤지. 그러니까 사람 진을 다 빼놓는다니까. 선생님도 힘들고 너도 혼나느라고 힘들고 밖에서 지켜보는 엄마도 힘들고. 근데 또 고칠 때는 정말 얄밉게 싹 고쳐요."

엄마가 들려주는 내 사춘기 얘기를 들으며 그때 그렇게 고집을 부리던 내 마음은 어떤 마음일까? 한번 곰곰이 생각해 보게 돼요. 아마 그때는 선생님이 하시는 말씀을 잘 이해할 수 없었던 것 같아요. 이해할 수 없는데 수긍하려고 하니까 힘들었을 거고요. 그때는 선생님도 초등학교 4학년의 나를 잘 모르셨을 거 아니에요. 지금은 서로를 누구보다 잘 알고 충분한 대화를 통해서 얼마든지 선생님 말씀을 이해할 수 있어요. 그런데 그때는 서로를 납득시킬 수 있는 방법을 서로 몰랐던 것 같아요. 이해할 수 없는 걸자꾸 고치라고 하니까 싫었을 거고. 나는 내가 논리적으로 이해할 수 없으면 수긍이 어려운, 엄마 말씀대로 전형적인 T거든요.

갓난아기 때도 나는 좀 유별났대요.

"건호야, 이제 세수하자."

이렇게 미리 말하고 얼굴에 물을 대면 괜찮은데 그냥 말없이 세수를 시키면 여지없이 짜증을 냈다고 해요. 신생아였는데도 말이에요. 신생아가 그렇게 짜증을 내다니 엄마는 신기했대요.

그 유별나고 고집 센 제자의 말을 선생님은 그냥 들어주셨어요. 어떤 말도 하지 않으시고 오히려 그냥 가만히 내버려 둬 주셨다고 할까요. 가끔 필요할 때 조금만 참견하시고 도와주신 덕분에 좌충우돌하던 시기를 잘 넘길 수 있었던 것 같아요.

보통 아이들 같으면 혼날까 봐 무서워서라도 선생님이 시키는 대로 하는데 끝까지 고집을 굽히지 않는 나를 보고 선생님이 그러셨대요. 그럴 줄 알았다고!

"얘는 처음에 올 때부터 가르치기 힘들 줄 알았어요. 근데 그 맛이 건호가 가진 재능이에요. 그 뾰족함을 뽑지 않는 선에서 가르쳐야 해요."

다른 사람 눈에는 쓸데없는 고집처럼 여겨질 수 있는 것도 재능

사춘기

으로 봐주시는 선생님이라니. 아직 더 자라가야겠지만 그런 선생님 덕분에 나는 고집과 소신을 분명히 구분할 수 있는 사람으로 자라갈 수 있을 것 같아요. 김건호다운 연주도 결국엔 나다운 소신에서 나올 수 있는 것 아닐까요.

고백하자면 이제 나는 엄마보다 선생님과 더 깊은 속내를 털어놓는 사이가 됐답니다. 엄마는 이제 내가 그때처럼 예민하게 굴지 않아서 너무 좋대요. 나의 사춘기는 그렇게 바흐와 선생님과 싸우면서 무사히 지나갔어요. 바흐와는 미운 정이 들었을 정도라니까요. 이제는 바흐의 곡을 들으면 힘들었던 기억보다 정겨운 느낌이 드는 걸 보면 피아노 연주자로서도 한 뼘쯤 더 자란 거겠지요.

나는 엄마가 많아요

...

"저는 계모잖아요!"

신정양 선생님이 우리 엄마에게 가끔 하는 말이에요. 어느 모자 지간 못잖게 엄마랑 친하지만 엄마와 나눌 수 없는 것들이 분명 있거든요. 엄마 말로는 엄마니까 이해하기도 하지만 엄마니까 용 납이 안 되는 게 있는 거래요. 아마 사춘기 때 제일 많이 그랬던 것 같아요. 서로 소통이 잘 안 돼서 많이 힘들어했거든요. 나는 그냥 이해가 안 돼서 물어보는 건데 엄마는 내가 자꾸 못되게 따 진다고 생각하고. 그러니까 또 화내게 되고. 바로 그럴 때 신정양 선생님이 기꺼이 계모를 자처해 주셨어요. '계모니까 다른 시선으 로 이 아이를 이해할 수 있다.'고 하시면서요. 아들의 사춘기 때문 에 엄마가 걱정도 많이 하고 힘들었는데 신 선생님이 중간에서 중 재자 역할을 해 주신 덕분에 엄마와 내가 그 격랑의 시기를 잘 지 나갈 수가 있었대요.

음악으로 세상을 휘어잡은 피아니스트 김건호 **91**

신 선생님은 내게 지적하거나 야단쳐야 할 문제가 있으면 아주 직설적으로 따끔하게 지적해 주시는 편이에요. 누군가는 그래서 혹시 상처받지 않느냐고 하는데 나는 오히려 그런 점이 애매하지 않고 확실해서 좋아요. 우선 피아노 레슨만 놓고 보더라도 레슨의 목적이 뭔가요? 부족한 부분과 문제점을 파악하고 고쳐서 좋은 연주를 하게 만드는 게 목적이잖아요. 그러니까 문제점을 짚을 때는 확실하게 짚어 줘야 해요. 애매하게 늦어지면 시간도 처지고 다른 거 할 시간에 이걸 계속 붙잡고 있으면 그게 의미가 없는 일이 되거든요. 다른 모든 문제도 그렇다고 생각해요. 상대 마음을 너무 배려하느라고 에둘러서 말하거나 애매하게 표현해서 문제해결은커녕 문제만 더 키우게 만드는 건 오히려 상대를 위해서도 좋지 않을 테니까요. 선생님은 여러 면에서 나와 비슷한 면이 많아요. 그래서 어떤 주제를 가지고 얘기할 때 선생님과 내 의견이 비슷할 때가 많거든요. 음악적인 면에서도 그런 경우가 많아서 우린 서로 잘 통해요. 엄마 말에 의하면 선생님이랑 나랑 둘 다 T라서 비슷하대요. 그래서 F인 엄마와 다른 방법으로 해결할 수 있는 거라고.

사람들은 음악을 한다고 하면 막 감성적일 거 같고 맘도 약할 거 같고 상처도 잘 받을 것 같다고 생각하는 것 같아요.

"아니, 음악을 하는데 왜 상처를 많이 받아야 돼?"

난 항상 그렇게 질문하는 T랍니다. T라서 오히려 장점인 것은 연습할 때 편해요. 왜냐하면 연습을 얼마나 어떻게 해야 하는지 목표에 따라 감정에 구애받지 않고 그냥 이성적으로 정확히 해내거든요. 게다가 나는 계획적인 J형이기도 해요. 그러니까 해야 하는 일을 미루거나 핑계 대지 않아요. 계획대로 해 나가지 못하면 그게 더 짜증이 나니까. 그런데 또 반대로 나 같은 아이들의 문제는 너무 딱 떨어지게 이성적이고 논리적이라서 감성적인 면이나 공감이 필요한 부분에서 좀 약하죠. 그래서 선생님은 내게 시도 읽히고 책도 많이 읽히고 괴테처럼 음악과 연관된 스토리에 등장하는 철학가도 찾아보게 하는 등 감성이 말랑해지도록 여러 가지로 애를 써 주시죠. 타고난 기질은 어쩔 수 없겠지만 그래도 음악만큼은 충분히 느끼고 즐길 수 있는 마음을 가지고 있답니다.

호아킨 로드리고라는 사람이 있어요. 시각장애가 있는 스페인 음악가죠. 또 츠지이 노부유키라는 일본의 시각장애인 피아니스트가 있어요. 2009년 반 클라이번 콩쿠르에서 1위를 했던 사람인데 그때 우리나라의 손열음 피아니스트가 2위를 했었죠.

"호아킨 로드리고와 노부유키, 이 두 사람 중에 고르라고 하면 나는 1등을 한, 전 세계적으로 유명한 그 노부유키 말고 호아킨 로드리고를 고를 거야. 왜냐하면 이 사람은 아내도 있고 딸도 3명 있고 너무너무 행복하게 살다가 갔거든. 그리고 딸도 아버지의 음악을 잘 유지를 해 주는 그런 사업을 하고 있고. 나는 건호가 그런 삶을 살았으면 좋겠어."

　그렇게 말씀하시는 신 선생님이에요. 단지 내가 유명하고 훌륭한 피아니스트가 되는 것보다 행복한 삶을 누리는 피아니스트가 되기를 바라시는 선생님. 어쩌면 우리 엄마가 바랄 것만 같은 그런 바람을 선생님도 똑같이 바라시는 거예요. 엄마의 마음으로 가르쳐 주시는 선생님, 그러니까 나는 잘될 수밖에 없는 것 같아요.

　박영주 선생님, 나의 또 다른 엄마. 선생님은 내 재능을 맨 처음 발견해 주신 분이자 엄마의 첫 멘토가 되어 주신 분이죠. 내가 유치원에서 선생님 반일 때 공교롭게도 선생님이 우리 옆 동네에 살았는데요. 방앗간을 하시는 할아버지 할머니가 바쁘실 때는 선생님이 나를 댁에 데리고 가서 돌봐 주시기도 했어요. 심지어 방학 때인데도 저를 돌봐 주실 때도 있었어요. 선생님도 자녀가 있어서 본인의 아이들만으로도 정신없으셨을 텐데 말이에요. 일하랴 살림하랴 많이 힘드셨을 텐데 나를 마치 엄마처럼 돌봐 주셨어요.

　"너 그렇게 하면은 사람들이 너 싫어해. 싫어하면 너랑 친구 안 해 줘."

　늘 따뜻하셨지만 때때로 내가 잘못할 때는 이렇게 호되게 야단도 치곤 하셨죠. 엄마 말씀에 의하면 내가 어릴 때 다른 사람들한

금호 영재콘서트

테 톡톡 쏘는 나쁜 말투로 말할 때가 있었대요. 뭐 솔직히 내가 그랬던 기억은 잘 나지 않지만 그럴 때마다 선생님이 딱 부러지게 야단쳐 주셔서 엄마는 그것도 너무 감사하게 생각하시죠.

선생님은 유치원이 끝나고 나면 항상 엄마와 통화를 했대요. 그날그날 내가 무엇을 했고, 집에 가서는 어떻게 해 주는 게 좋을지 매일매일 나와 함께한 것들을 엄마와 통화하면서 알려 주시고 조언해 주셨대요. 그러던 선생님이 멀리 외국으로 가시게 되었을 때는 엄마가 정말 많이 슬펐을 것 같아요. 늘 든든한 버팀목이 되어 주던 사람이 곁을 떠나는 일이니까요. 외국으로 연수를 떠나는 남편을 따라가시게 된 거였다는데요. 거리도 멀어지고 만나지도 못하게 되니 엄마는 어쩔 수 없이 선생님과는 소식이 끊길 줄 알았대요. 그런데 먼 곳에서도 나를 위한 정보도 찾아 주시고 조언해 주시면서 엄마와 꾸준히 연락을 주고받으셨대요.

지금까지 엄마가 신 선생님이랑 박 선생님과 나눈 카톡 대화 내용만 해도 어마어마하다는데요. 내용 모두 건호를 위한, 건호에 의한 건호의 대화였겠지요. 엄마는 늘 그렇게 말해요. 세상에 그런 선생님들은 없다고. 두 분 모두 언니 같은 멘토였다고.

이 세 분의 엄마들 덕분에 건호는 멋지게 성장하고 있답니다!

김건호다운 피아니스트

...

 2021년에 서울시립교향악단이 주최하는 '서울시향과 함께하는 행복한 음악회 함께!'에서 피아니스트 한상일 선생님과 무대를 함께한 적이 있어요. 그 과정이 〈인간극장〉에 소개되기도 했는데요. 그때 나를 취재하러 오셨던 YTN의 기자님이 인터뷰에서 그런 질문을 했어요.

"건호는 어떤 피아니스트가 되고 싶어요?"

 그런데 그 질문을 듣는 순간 나는 한 마디도 입을 떼지 못했어요. 마치 누가 내게 '얼음!'이라고 외치기라도 한 것처럼요. 어쩌면 대충 유명한 피아니스트 이름을 대면서 그 사람처럼 되고 싶다고 답을 해도 무난했을 거예요. 아니 어쩌면 그 기자님은 그런 대답을 원하고 계셨을지도 모르죠. 그런데 한참을 내가 아무런 답도 하지 않고 있으니까 기자님도 당황하고 뒤에서 지켜보고 있던 엄마도 초조했대요. 그런데도 나는 끝내 아무런 대답도 하지 않았어요. 거짓말하기 싫었거든요!

그때 고작 열한 살의 아이가 얼마나 꿈이 많았겠어요. 작곡가도 될 수 있고, 컴퓨터도 좋아하니 IT 쪽의 일을 하는 사람이 될 수도 있고 하고 싶은 것들이 많은데 '어떤 피아니스트가 되고 싶다'고 말하는 건 거짓말하는 것 같았어요. 그리고 방송으로 많은 사람들 앞에서 그렇게 말해 버리고 나면 순진하게도 꼭 그렇게 해야만 할 것 같았거든요. 잠깐의 당황스러움을 모면하자고 나를 꼭꼭 가두는 말을 해 버릴 수는 없었어요. 그래서 아무런 대답도 할 수가 없었던 거예요.

누구 같은 피아니스트가 되겠다는 말은 내겐 다른 사람을 따라 하겠다는 말처럼 들려요. 그런 질문에 답하지 않았던 건 그런 이유 때문이기도 해요. 좋은 연주를 들으면 모방을 할 수는 있겠지요. 그런데 그걸 아이디어 정도로만 참고해야지 그 사람을 따라 하면 결코 내 음악이 될 수는 없다고 생각하거든요. 그래서 누구 같은 피아니스트가 되고 싶다는 말은 앞으로도 하지 않을 거예요. 나는 누구 같은 피아니스트가 아니라 그냥 김건호다운, 나다운 피아니스트가 되고 싶어요. 나만이 가지고 있는 걸 보여 줄 수 있는 연주가 나다운 연주가 되는 것일 텐데 그럼 나다운 연주란 뭘까요?

"네가 치는 모든 게 음악적으로 들렸으면 좋겠어. 하나도 안 틀리고 아주 빨리 정확히 치는 게 아니라 네가 관객한테 말하는 것처럼 그렇게 쳤으면 좋겠어. 음악적이라고 하는 건 네가 대중들에게, 관객들에게 들려주고 싶은 이야기를 타고난 너만의 색깔로 들려주는 거야. 악보를 조금 틀리더라도 음악적이라면 그렇게 귀에 거슬리지 않아."

신정양 선생님이 늘 하시는 말씀이에요. 피아노는 보이지 않아도 칠 수는 있지만 내겐 약간의 어쩔 수 없는 핸디캡이 있거든요. 가령, 극적인 도약 부분에서는 다른 아이들보다 건반을 찾는 데약간의 어려움이 있다는 것. 그래서 좀 많이 틀리기도 해요. 그러다 보니 다른 아이들에 비해서 스킬 면에서 조금 부족할 수 있죠. 사실 나뿐만 아니라 모두 다 사람이라면 틀릴 수 있어요. 그런데안 틀리려고 딱딱하게 치는 것보다 조금 틀리더라도 연주자의 마음이 느껴지면 그 소리가 거슬리지 않게 된다는 선생님 말씀의 의미를 저도 이제는 조금 알 수 있을 것 같기도 해요.

2023년 12월에 김포필하모닉오케스트라와 협연을 했어요. 그때 모차르트 콘체르토를 하면서 특별히 나만의 카덴자를 만들어서 독주를 했는데요. 카덴자란 음악에서 콘체르토나 아리아와 같은 악곡의 끝부분에 있는 독주 악기의 솔로 구간을 카덴자라고 해요. 화려한 기교와 즉흥연주를 위한 부분으로 작곡가가 직접 작성하거나 연주자가 즉흥적으로 연주하기도 합니다. 마침 크리스마스 시즌이기도 해서 콘체르토에 유명한 CCM곡을 섞어 나만의 카덴자를 연주했는데요. 그때 내 연주를 듣고 관객 중의 한 분이 우셨다고 엄마가 나중에 전해 준 적이 있어요. 내 연주에 너무나 감동해서 눈물을 많이 흘렸다며, 좋은 음악 들려줘서 감사하다 말을 전하더라고. 그분은 아마 내 연주가 너무나 완벽해서 눈물을 흘린 건 아닐 거예요. 또 감동은 완벽한 연주에서 오는 것만도 아닐 테고요. 아마 내가 음악을 통해 전하고 싶었던 그 마음을 전달받았기 때문에 눈물을 흘리셨던 거겠죠. 감동(感動), 말 그대로 깊이 느껴서 마음이 움직인다는 뜻이잖아요. 마음을 움직이는 건 마음이지 스킬이 아닐 테니까요. 아직은 작은 실수도 많고 조금은 엉성하고 덜 자란 나이지만 자라가다 보면 언젠가는 정말 나다운, 나만의 음악을 하게 될 거라고 믿어요.

"이게 내 음악이야 들어!"가 아니라 "내 얘기 한번 들어 볼래요?" 이렇게 관객에게 다가가 말을 거는 음악, 그런 게 아마도 나다운 음악일 거라고 생각해요.

"누구누구 빠. 이런 표현 쓰잖아요? 임윤찬 빠, 조성진 빠 그런 식으로. 얘는 그런 게 안 되는 애예요. T라서!"

엄마는 나를 그렇게 말씀하시는데요. 정말 그 말씀이 맞아요. 엄마 말씀대로 나는 T라서 어떤 연주나 사람을 무조건 좋아하진 않아요. 다 나름의 좋은 이유가 있어야 하고 장점이 있어야 해

요. 그래서 나는 '어떤 연주자가 제일 좋으냐'고 취향을 물어도 대답 잘 안 하는 편이에요. A라는 연주자는 a라는 면이 좋고 B라는 연주자는 b라는 면이 좋은 것이지 그들의 모든 면을 다 좋아하는 건 아니거든요. 호불호가 늘 분명하죠. 어쩌면 감정에 치우치지 않고 냉정하게 나만의 기준을 두는 것도 배우는 입장에서 그리 나쁜 것은 아닌 것 같아요. 내 음악과 연주에 대해서도 그런 자세를 견지할 수 있다면 자기기만과 합리화에 빠질 우려가 좀 덜하지 않을까, 그래야 나다운 음악에 한 걸음 더 다가갈 수 있지 않을까요?

장애가 왜 힘들어야 하죠?

...

이건 좋은 것이기도 하고 나쁜 것이기도 한데요. 지금까지 내겐 장애가 장애 된 적이 한 번도 없었다는 사실이에요. 가족들에겐 장애와 상관없이 넘치도록 사랑받았고 충분히 존중받았어요. 그리고 장애 대신 내 능력을 봐주시는 선생님들 덕에 재능도 쑥쑥 키워 나갈 수 있었어요. 그런데 아무리 그렇다고 하더라도 주변 사람들이나 또래들에게 뜻밖의 상처를 받는 경우들이 있잖아요? 나는 지금까지 한 번도 그런 경험을 해 본 적도 없어요. 지금까지 만나 왔던 주변 사람들이나 또래 친구들, 그리고 그 부모님들까지도 모두 내게 편견 없이 마음을 열어 주셨거든요.

맹학교를 다니기 때문에 친구들도 비슷한 장애를 가지고 있어서 학교에서도 특별히 내 장애를 인식할 일이 별로 없었어요. 그나마 피아노 레슨을 받으러 학원에 가면 비장애인 형이나 누나들을 만나게 되는데 거기에서도 장애는 그렇게 문제가 되지 않아요. 모두 내 장애보다 음악을 먼저 봐주거든요.

특히 태원이 형은 유치원 때부터 피아노 배우면서 지금까지 알아 온 한 살 위 형인데요. 그 형에게 내 장애는 그저 내가 가진 여러 특징 중 하나일 뿐이에요.

"건호는 피아노를 잘 치고, 말을 잘하고, 게임을 잘하고, 눈이 안 보이긴 해. 근데 그게 뭐? 그거야 내가 도와줄 수 있지."

그런 식이죠. 처음에는 그냥 뜨문뜨문 콩쿠르 때나 연주회 때 만나다가 학원이 압구정동으로 이사하면서 매주 만나게 됐는데요. 매주 밥도 같이 먹고 음악 얘기도 하고 게임 얘기도 하고 시답지 않은 이야기들을 함께 나누면서 나는 한 번도 태언이 형에게 상처되는 말이나 눈길을 받아 본 적이 없어요.

앞에서 이런 점이 좋기도 하고 나쁘기도 하다고 했는데요. 한 번도 장애 때문에 상처를 겪지 않았다는 건 참 좋은 것이지만 그래서 가끔 어른들은 걱정해요. 늘 좋기만 하니까 상처에 대한 면역력이 없어 내가 상처받을까 봐요. 그런 상처를 이겨 낼 수 없다면 지금껏 곱기만 했던 상황은 내게 나쁜 것이 되겠지요. 그런데 나는 그런 것쯤은 스스로 이겨 낼 힘이 있다고 믿어요. 그리고 나는 아직 잘 모르겠어요. 사람들 말처럼 장애가 왜 힘들어야 하죠?

아직 어리지만, 그동안 나름대로 실패의 경험도 많답니다. 겉으로는 아무 실패 없이 지금까지 온 것처럼 보이지만 적어도 또래의 다른 친구들에 비해서는 각종 콩쿠르나 오디션 등 다양한 도전에서 실패했어요. 그럴 때마다 곁에 계신 어른들이 늘 그렇게 얘기해 주셨어요.

"실패하면 좀 어때? 넘어질 수도 있지. 네가 한 번도 안 넘어질 거 같아? 아니야, 넘어질 수 있어. 넘어지는 게 당연해. 넘어지면 뭐 어때? 다시 일어나면 되지."

심지어 얼마 전에도 실패를 경험했는 걸요. 예원학교를 가고 싶었는데 떨어졌으니까요. 지금까지 장애 학생을 한 번도 받아 본 적이 없는 그 학교가 나를 두 번이나 떨어뜨렸지 뭐예요. 포기하지 않고 두 번이나 도전했는데 두 번 다 실패했어요. 노력한 만큼 재도전에 성공했더라면 정말 기뻤겠지만 실패해도 뭐 어쩔 수 없죠. 내겐 그 실패가 그렇게 상처 되지 않았어요. 예원학교에 붙었다면 너무 빽빽한 학과 일정 때문에 외부의 다른 연주 일정 잡기가 아주 힘들어질지도 몰라요. 그게 얼마나 재미있는 경험들인데 말이에요. 그렇게 생각하면 지금 다니는 학교가 오히려 내게 더 잘 맞는 건지도 몰라요.

실패했지만 최선을 다했으니 후회는 없어요. 선생님도 가족들도 다들 내가 얼마나 노력했는지 잘 아니까 그걸로 됐어요. 한 사람이라도 나를 알아주는 사람이 있다면 나는 그걸로 충분하다고 생각해요.

'뷰티플 마인드'에 나왔던 한이 형 얘기하면서 신정양 선생님이 엄마한테 그랬대요. 한이는 너무 착한 아이라서 남을 너무 배려하고 다른 사람 생각을 항상 많이 하는 아이인데 건호는 '못돼 먹은' 아이라고. 영화에서 한이 형이 많은 사람의 기대에 부응하지 못하는 것에 대해 굉장히 속상해하면서 울컥하는 장면이 있었거든요. 그러니까 선생님 말씀에 의하면 한이 형은 너무 착해서 그런 거고 나는 못돼서 '네가 나한테 기대를 하는 건 네 비즈니스고 나는 나야!' 이런 스타일이라는 거예요. 내가 노력해서 더 좋아지면 잘된 거고 노력을 했는데도 안 되면 어쩔 수 없지. 다음 기회에 또 하면 되지. 왜 내가 너희 몫까지 내가 고민을 해야 돼? 오히려 나는 그럴 거라고. 그러니까 건호는 못돼 먹은 놈이라서 괜찮다고.

나 참, 이 정도면 나, 선생님한테 인정받은 거 맞나요?

나는 사춘기, 아빠는 갱년기

...

　피아노를 치지 않을 때는 가끔 게임을 하면서 시간을 보내곤 해요. 피아노 치면서 쌓인 스트레스를 푸는 나만의 휴식 방법이죠. 그런데 아빠는 내가 게임을 하는 걸 별로 좋아하지 않아요. 술도 거의 안 드시고 담배도 안 피우시고 게임도 안 하시는, 일명 바른 생활 사나이인 아빠는 아들이 게임을 하면서 스트레스를 푼다는 사실이 별로 건전해 보이지 않나 봐요. 특히 연주회나 중요한 콩쿠르를 앞두고 있을 때는 내가 게임 같은 걸로 시간을 보내지 않고 연습에만 집중하길 바라세요. 왜 그런 거 있잖아요. 어떤 중요한 의식을 앞두고 몸도 맘도 정결하게 하는 마음가짐 같은 거. 아빠도 그런 건가 봐요. 게임 같은 걸로 내 순수한 음악에 대한 열정이 오염되지 않기를 바라시는 걸 텐데요. 나는 그런 아빠를 도무지 이해할 수가 없어요. 선생님도 다 이해해 주시고 엄마도 허용해 주시는데 왜 아빠만 그렇게 게임에 인색한 건지. 게임 좀 열심히 한다고 해서 내가 피아노를 안 칠 것도 아니고. 거룩함을 강요하는 중세시대 사제처럼 대체 왜 그러는 걸까요? 그래서 아빠와는 가끔 다투기도 해요.

아빠와 다투는 경우는 게임할 때뿐만이 아니에요. 내가 집에서도 피아노 연습을 할 수 있도록 부모님이 지내는 4층 주방에 방음장치를 해서 내 연습실을 마련해 주셨거든요. 할머니 할아버지가 젊은 날 방앗간을 하시던 자리에 새 건물을 지어서 다른 층들은 세를 주고 5층은 할아버지 할머니와 내가 지내고 있고 4층은 부모님이 살고 계시거든요. 식사는 늘 5층에서 온 가족이 다 같이하니까 4층 주방은 별로 사용할 일이 없어서 부모님이 내 연습실로 내주셨어요. 이제는 먼 학원까지 가지 않아도 집에서 피아노 연습을 할 수가 있어요. 언제든 내려가서 피아노 연습을 할 수 있다는 점은 참 좋은데 그 때문에 아빠와 종종 갈등이 생기곤 해요.

연습하다 보면 그야말로 필 받을 때가 있잖아요. 그러면 나는 늦은 시간이더라도 웬만하면 연습하던 걸 멈추고 싶지가 않거든요. 그런데 아빠는 매번 나와 다른 생각이에요. 방음을 했지만 그래도 피아노 소리 때문에 아래층에 폐가 될 수 있으니 늦게까지 피아노 치지 말라는 아빠 의견도 이해해요. 그렇지만 내 입장으론 한창 연습 잘 되고 있는데 아빠가 들어와서 중간에 방해하면 짜증이 나기도 하거든요. 그러다 보면 아빠랑 또 다투게 되고.

아빠는 어릴 때 나에게 정말 친한 친구 같았어요. 미용사인 아빠가 내 스타일을 누구보다 잘 알아서 항상 무대에 오를 때마다 스타일링을 해 주셨죠. 아들이 좋아하는 스타일을 잘 알고 그렇게 만들어 준다는 건 그만큼 아들을 섬세하게 이해하고 있다는 뜻이겠죠. 2인용 자전거로 내게 자전거 타는 기쁨을 가르쳐 준 것도 아빠였고 어릴 땐 아들의 모든 것을 인정해 주고 지지해 준 아빠였는데 지금의 아빠는 왜 그렇게 나와 어긋나는 걸까요.

드라마 때문에 엄마랑 아빠가 다툰 적도 있어요. 보이지 않지만 나는 드라마 보는 걸 참 좋아해요. 정확히 말하면 드라마를 듣는다고 하는 게 맞겠죠. 바흐의 F 단조 〈신포니아〉 9번을 연습할 때는 재밌게 봤던 드라마를 생각하면서 연습하기도 했어요. 그 드라마는 바로 〈펜트하우스〉. 그 무렵 아주 시청률이 높았던 주말 드라마였죠. 〈펜트하우스〉는 워낙 직관적이고 화면해설이 잘 되어 있어서 보이지 않아도 보이는 것처럼 편하게 감상할 수가 있었거든요. 그 와장창 요란한 드라마를 재미있게 보면서 나는 어려운 바흐를 치는 스트레스를 풀었는데 부모님은 그렇지 않았어요.

아빠는 드라마가 너무 자극적이어서 아직 어린애가 보면 안 된다는 의견이었고 엄마는 어른과 함께 보니까 시청 지도하면서 보면 괜찮다는 의견이었어요.

"우리가 보지 말라고 해서 안 볼 애도 아니고 음성적으로 보는 것보다는 나랑 같이 보는 게 나아. 그럼 내가 필요한 설명을 해 줄 수도 있고. 차라리 오픈해서 같이 봐."

엄마는 그런 입장이었는데 아빠는 내가 연주회를 앞두고 있으니까 그런 자극적인 드라마를 보며 심신의 안정을 흩트리면 안 된다는 강경한 입장이었어요. 연주하는 사람이 정신적으로 안정되어 있어야 듣는 사람들도 그럴 거라는 거예요. 그러니 큰일 앞둔 사람이 고요한 산속에서 심신을 단련하듯이 심신 단련에 힘써야지 자극적인 드라마로 정서를 해치면 되겠냐는 거죠. 게다가 드라마 보느라 늦게 자면 다음 날 학교 가고 피아노 연습하는 데도 지장이 많을 거라는 걱정까지.

"애도 스트레스가 있으면 풀어야지. 그게 드라마가 됐건 게임이 됐건 하고 늦게 자서 피곤하면 피곤한 것도 애 몫이야. 피곤하면은 지가 일찍 자겠지."

엄마가 이렇게 내 편을 들고 나서면서 엄마랑 아빠가 결국 싸웠지 뭐예요. 늘 사이좋던 엄마 아빠인데 말이죠. 문제는 나까지 발끈해서 아빠에게 화를 내고 셋이 모두 심사가 뒤틀려 버린 상황. 그런 소소한 분쟁을 낳다니 역시 문제적 드라마이긴 했나 봐요.

옛날에는 아빠가 혼내도 그냥 가만히 있었는데 이제는 자꾸 아빠에게 발끈하게 돼요. 엄마가 혼내는 건 그냥 '내가 고칠게' 하면 되는 것들인데 아빠는 자꾸 내가 고칠 수도 이해할 수도 없는 걸 말씀하시니까요. 납득이 안 되는 걸 자꾸 강요하니까 '내가 왜 그걸 해야 되는데?'라고 반응하게 돼요. 나도 피아노 연습하다 보면 어쨌든 스트레스를 많이 받거든요. 근데 그걸 아빠는 이해를 잘 안 해 주시는 거 같아요.

"건호는 사춘기고 이제 아빠는 갱년기라고 말 안 했어? 갱년기에 그렇게 예민해진대. 아빠도 아빠 나름대로 그럴 만한 이유가 있는 거야. 그러니까 아빠 좀 공감해 줘."

아빠에 대해 내가 투정을 부리면 엄마는 이렇게 말씀하곤 하세요. 그런 아빠를 이해할 수 없는 건 아니지만 그렇다고 내가 왜 거기에 같이 공감해 줘야 하냐고 물으면 엄마는 또 그렇게 말씀하죠.

"그러니까 네가 못돼 먹었다고!"

여행하는 가족

...

세상을 냄새와 소리로 이해하는 내게 여행은 음악적 감수성과 깊이를 더하는 데 더없이 좋은 자극제가 돼요. 그래서 여행이 참 좋아요. 여행지에서 경험한 낯선 소리와 냄새들이 다 음악이 되거든요. 러시아의 음악가 세르게이 프로코피예프는 그의 곡에서 자동차, 비행기, 기차 등 다양한 교통수단의 소리를 묘사하기도 했는데요. 음악적이지 않을 것 같은 소리들, 보통은 소음이라고 여길 수도 있는 소리들을 가지고 자기만의 독특한 음악을 만들어 낸 프로코피예프가 나는 너무 흥미롭거든요.

나도 내가 느끼는 다양한 소리와 특별한 냄새, 그리고 특별한 기억을 음악으로 멋지게 담아내는 음악가가 되고 싶어요. 여행은 그런 내게 훌륭한 영감의 보고가 되어 준답니다. 그래서 부모님은 나를 데리고 여러 곳으로 여행을 자주 다니셨는데요. 부모님이 가족 여행이라는 특별한 이벤트를 하시는 이유는 나를 위해서이기도 하지만 또 다른 이유가 있어요. 늘 나를 돌보시느라 애쓰시는 할머니 할아버지를 위로해 드리기 위해서이기도 해요.

맞벌이 부부인 부모님을 대신해 지금껏 나를 돌봐 주신 분들은 할아버지와 할머니셨어요. 부모님이 직장에 계신 동안 할아버지는 매일 차로 나의 통학을 담당해 주셨구요. 할머니는 나를 위해 지금까지 가사와 양육을 전담해 주고 계세요. 지금도 예민하지만 어릴 때는 훨씬 더 예민했던 손자 때문에 할머니가 특히 애를 많이 쓰셨다고 해요. 보통은 이유식을 한 번에 만든 다음 소분해서 냉동실에 넣었다가 하나씩 꺼내 주잖아요. 그런데 나는 그렇게 해서 먹일 수가 없었대요. 한 번 냉장고에 들어갔다가 해동한 음식은 입에 대지도 않아서 매번 새로 만들어 줘야 했대요. (지금은 그러지 않는데 그때는 내가 왜 그랬을까요?) 그리고 어린 아기들은 원래 기다가 걷다가 잘 넘어지기도 하고 어디 가서 쿵쿵 잘 부딪히기도 하잖아요. 나는 아마 보이지 않으니 더 많이 넘어지고 부딪혔나 봐요. 여기저기 멍이 든 손자의 모습을 보기가 안쓰러워서 할머니가 더 예민하게 신경을 쓰셨다고 해요. 그러니까 몸도 몸이지만 할머니 스트레스가 엄청 심하셨을 거 같대요. 게다가 할머니는 내가 태어나기 전까지 바깥에서 일하셨던 엄청 외향적인 분이셨다는데 손자 때문에 집안에서만 지내시려니 얼마나 갑갑하고 힘이 드셨겠어요.

여행은 가사와 돌봄으로 힘드신 할머니와 할아버지를 위해 엄마 아빠가 선물하는 작은 휴식이었던 거예요. 부모님이 쉴 때는

가족 여행

가족 여행

가족 여행

무조건 할머니 할아버지를 모시고 온 가족이 여행을 떠났어요.

국내 여행지는 물론 베트남, 하와이, 태국, 터키, 일본 등 해외까지 많은 곳으로 여행을 다녔죠. 코로나 때는 나와 엄마 아빠 셋이서 아빠 고향인 경주로 여행을 갔는데요. 경주에 내려가자마자 그만 아빠가 코로나에 걸려 버렸지 뭐예요. 그래서 내내 호텔에만 갇혀 있을 수밖에 없었는데요. 어디 돌아다니지 않고 그렇게 오붓하게 계속 쉬고 먹고 자고 먹는 그 아무것도 하지 않는 시간이 참 좋았던 기억이 나요.

앞으로 음악을 계속하게 되면 이곳저곳 다양한 곳으로 연주 여행을 다니게 되겠죠. 그럼 어쩌면 여행이 아닌 이동처럼 무감해질지도 몰라요. 그래도 음악이 아니라 진짜 쉼을 위해 한 번쯤 정말 가 보고 싶은 곳은 오스트리아에요. 옛날에는 많이 걸어 다니는 걸 싫어했는데 이제는 궁전 같은 곳도 좀 가 보고 빈의 '뮤직페라인(Musikverein)'이라는 큰 콘서트홀도 가 보고 싶어요. 그곳에서 멋진 공연도 감상해 보고, 꿈꾸었던 여행을 맘껏 즐길 수 있다면 내 음악이 좀 더 자유롭고 다양해질 수 있지 않을까요.

가족 여행

나의 어벤져스에게

...

　나에게는 군단이 있어요. 나를 위해서라면 언제든 출동할 준비
가 되어 있는 어벤져스급 군단! 지난 3월에 작은 독주회를 하나
열었는데요. 지난해 2023 제6회 마인클랑 국제피아노콩쿠르에서
1등을 했기 때문에 주최 측에서 마련해 준 초청 독주회였어요. 특
별히 그 독주회는 내가 중간에 곡도 소개하고 토크도 하는 형식
으로 진행을 해야 했는데요. 연주가 아닌 토크를 준비해야 한다
는 게 좀 부담이 되기도 했어요.
　그런데 독주회에서 내가 말할 때마다 가장 크게 웃고 호응해
준 사람들이 있어요. 보이지 않지만 웃음소리, 숨소리만 들어도
나는 그 소리가 누구인지 잘 알거든요. 바로 선생님들, 엄마 아
빠, 그리고 할머니 할아버지. 혹시라도 내가 긴장할까 봐, 실수할
까 봐 가장 크게 웃어 주고 박수 쳐 주었다는 사실을 나는 너무
나 잘 느낄 수 있었어요.

우선 웃음소리가 제일 큰 신정양 선생님. 지금의 피아니스드 검 작곡가 김건호를 있게 해 주신 가장 큰 공로자시죠. 선생님은 누구보다 내 가능성을 먼저 봐주시고 그걸 키워 주신 분이지만 무엇보다 나를 어린애가 아닌 파트너로 존중해 준 분이에요. 연주회나 독주회의 프로그램을 짤 때마다 언제나 제일 먼저 내 의견을 경청해 주시고 존중해 주셨죠. 그리고 박영주 선생님. 제일 먼저 내 재능을 알아봐 주신 분. 내게 필요한 것들을 부지런히 찾아 연결해 주시고 무엇보다 엄마에게 따뜻한 언니가 되어 주신 분이죠. 그리고 권현지 선생님은 점자 악보를 볼 줄 모르는 나를 위해 기꺼이 시간과 노력과 영혼을 갈아 넣어 내게 점자 악보를 익히게 해 주신 분이에요. 권현지 선생님이 점자 악보를 읽을 수 있게 해 주신 덕분에 내가 음악적으로 한 단계 더 성장할 수 있었어요. 그리고 마지막으로 나를 피아노에 처음 앉혀 주시고 지금까지 레슨을 해 주시는 국순희 선생님. 이런 어벤져스급 선생님들을 어디에서 만날 수 있을까요. 이런 선생님들이 어디에도 없을 거란 걸 잘 알기 때문에 지금껏 나는 유학을 꿈꿔 본 적도 없는 걸요.

사실 이렇게 훌륭한 선생님들이 든든하게 받쳐 줘도 가족의 뒷받침이 없었다면 진짜로 김건호다운 김건호는 없었을지도 몰라요. 따뜻하고 포근하고 말랑한 우리 가족이 곁에 없었다면 나는 어쩌면 엄마 걱정대로 까다롭고 이기적이고 냉정한 아이가 됐을지도 모르죠. 우리 가족은 내게 침대 같은 존재라고나 할까요.

언제나 나를 비뚤어지거나 흐트러지지 않게 붙들어 주면서도 있는 그대로 감싸 안아 주니까요. 맞벌이하는 엄마 아빠 대신 최고의 사랑과 보살핌으로 나를 키워 주신 할아버지 할머니. 그리고 세상에서 가장 친한 친구 같은 엄마 아빠는 내 마음을 자라게 해 주셨어요.

나는 인복도 얼마나 많은지 늘 좋은 분들을 많이 만나요. 활동지원 선생님도 그중 한 분인데요. 학교 등하교를 전에는 할아버지가 차로 함께해 주셨지만 지금은 연세가 많아 힘들어지셔서 활동지원 선생님이 도와주시거든요. 학교 오가는 길에 활동지원 선생님과 많은 이야기를 하는데 활동지원 선생님이 나랑 참 잘 맞아요. 활동지원 선생님은 미술을 전공한 분인데요. 음악이랑 미술이 좀 따로일 것 같지만 활동지원 선생님과 얘기하다 보면 '음악이든 미술이든 예술은 다 통하는구나!' 새삼 느끼게 돼요. 활동지원 선생님과는 엄마나 선생님들과는 또 다른 이야기를 나눌 수 있고 배울 수 있다는 점이 참 좋은 것 같아요.

이 모두가 어떻게 어벤져스급 군단이 아닐 수 있겠어요. 어벤져스급 군단의 그물처럼 촘촘한 지원과 뒷받침 덕분에 내가 균형 있게 자라 갈 수 있는 것 같아요. 감사함과 미안함을 늘 잘 표현하지 않는다고 엄마한테 혼나는데 이 지면을 통해서 쿨하게 엄마의 바람을 이루어 드려야겠네요.

나의 어벤져스 님들, 진심으로 고맙습니다!

신정양 선생님과 국순희 원장님

예술에도 엄마가 필요해

...

"너는 엄마 없지?!"

나는 아직 어려서 보지 못했지만 봉준호 감독님의 영화 〈마더〉
에는 이런 유명한 대사가 나온다고 들었어요. 서두에서 손열음 피
아니스트의 글을 인용하면서 '천재의 조건'을 얘기했었죠. 스스로
의 집념, 부모의 희생, 훌륭한 스승, 헌신적인 추종자… 천재는 이
모든 조건의 결과물이라고. 그 조건들을 되짚어 보면서 바로 이
대사가 문득 생각났어요. '너는 엄마 없지?!'라는 말.

감사하게도 나에겐 나를 위해 모든 것을 쏟아부어 주는 어벤져
스급 군단이 있는데 그런 거 없이 혼자서만 싸워야 하는 예술인
들이 아마도 많을 거예요. 특히 장애가 있는 예술인들은 더더욱
그렇겠죠. 장애 때문에 예술 활동 자체도 제약이 많을 텐데 예술
적 재능을 보듬어 주고 키워 줄 엄마 같은 지원이, 엄마 같은 군
단이 없는 삭막한 현실의 장애예술인들 말이에요. 그런 현실에서

애쓰는 예술인들을 생각하면서 나도 김혜자 할머니의 그 안쓰럽고 측은한 눈빛으로 그렇게 말하고 싶은 거예요.

"너는 엄마 없지?"

그런 헌신적인 부모님과 훌륭한 선생님들이 있다 해도 만약 내가 설 무대가 없었다면 어땠을까요? 내가 아무리 노력해도 내 재능을 펼칠 기회가 없다면요?

"장애예술인들이 예술인으로서 자신의 능력을 보여 줄 수 있는 무대들이 더 많았으면 좋겠다."

내 옆에서 나를 늘 지켜보는 엄마는 그렇게 말씀하세요. 아마도 피아니스트인 아들의 미래를 걱정하시기 때문에 더 그런 생각을 하시는 걸 거예요. '뷰티플 마인드'라는 단체의 지원 덕분에 나는 내 재능을 키워 갈 기회를 얻을 수 있었지만 누구나 그런 기회를 누릴 만큼 보편적인 혜택은 아니죠. 천재는 혼자 클 수 없다는 사실을 많은 사례를 통해 알면서도 한 사람의 예술가를 발굴하고 성장시키는 다각적인 시스템과 지원책은 아직 부족한 현실이란 걸 많이 들어서 알고 있어요.
내 독주회 영상에 달린 많은 댓글 중에 이런 댓글이 있었어요.

엄마와 함께

'이 나라에 있지 말고 빨리 외국으로 유학 가라.'

좀 우울하지 않나요, 이런 말. 굳이 장애예술인들의 현실을 떠 들지 않아도 많은 사람들이 그 어두운 현실을 이미 잘 알고 있 다는 뜻이잖아요. 이 나라엔 내 예술을 키워 줄 엄마 없으니 다른 나라에 가서라도 그런 엄마를 찾으라는 말이잖아요.

굳이 천재를 키우는 시스템이 아니어도 좋아요. 재능을 가진 한 사람 한 사람이 자신의 예술을 맘껏 펼치는 예술인으로 살아가 기를 포기하지 않도록 든든한 어벤져스급 시스템이 만들어지면 좋겠어요. 포기하고 싶은 순간에도 늘 용기를 잃지 않도록 북돋 아 주는 엄마 같은 지원책들이 많아지면 좋겠어요.

천재가 되어야만 겨우 예술의 세계를 꿈꿔 볼 수 있는 그런 것 말고 누구나 예술 할 수 있는 기회를 얻고 삶에서 충분히 예술을 누릴 수 있는 그런 세상! 그런 세상이 된다면 우리 엄마도, 선생님 도 내 걱정을 좀 덜 하실 수 있지 않을까요. 예술에도 끝까지 안 아 주고 키워 주는 엄마가 필요해요.

김건호(Geonho Kim)

서울맹학교 중학교 2학년

2024 드로잉더뮤직 〈성장 프로젝트〉 독주회
      마인클랑 우승자 콘서트 〈김건호 피아노 독주회〉
      대한민국 피아노 페스티벌 〈피아노 산책〉
2023 제17회 김포필하모닉오케스트라 유망신예 초청 음악회 협연
      금호영재콘서트 〈김건호 피아노 독주회〉
2022 포아 영재콩쿠르 '포아용악상' 수상 및 포아 영재콘서트
2021 김건호 작곡 발표회 "A Million Dreams"
      금손s콘서트 〈김두인&김건호 조인트 피아노 리사이틀〉
      제12회 세라믹팔레스 음악콩쿠르 1위 및 입상자 연주회
      서울시향 행복한음악회 협연 ODIN Intl Music Competition-작곡 부문 1위
2020 김건호 피아노 독주회 "All-Bach"
2019 금손s콘서트 〈윤태언&김건호 조인트 피아노 리사이틀〉
      독일 Saarburg Music Festival 초청 연주
2018 제22회 국민일보-한세대학교 음악콩쿠르 3위 및 입상자 연주회
      제10회 한국리스트콩쿠르 2위
      제27회 성정음악콩쿠르 3위